错付时光

The Missing Time With You

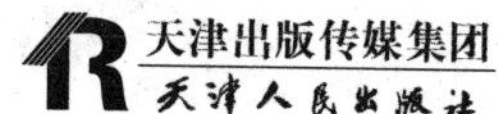

图书在版编目（CIP）数据

错付时光 / 陌安凉著. -- 天津 ：天津人民出版社，2015.10（2020.3重印）
ISBN 978-7-201-09623-0-01

Ⅰ. ①错… Ⅱ. ①陌… Ⅲ. ①长篇小说－中国－当代 Ⅳ. ①I247.5

中国版本图书馆CIP数据核字(2015)第212543号

错付时光

CUOFU SHIGUANG

陌安凉 著

出　　版　天津人民出版社
出 版 人　刘　庆
地　　址　天津市和平区西康路35号康岳大厦
邮政编码　300051
邮购电话　（022）23332469
网　　址　http：//www.tjrmcbs.com
电子信箱　reader@tjrmcbs.com

责任编辑　玮丽斯
装帧设计　齐晓婷

制版印刷　三河市华东印刷有限公司印刷
经　　销　新华书店
开　　本　660毫米×960毫米　1/16
印　　张　16
字　　数　156千字
版权印次　2015年10月第1版　2020年3月第2次印刷
定　　价　42.80元

Contents
目录

Contents
目录

PROLOGUE
楔子

清晨，我打开窗户，清新空气扑面而来，我正闭眼享受这美好的一切，就被一个童声打断。

“顾老师，今天中午是苏克和李安晴的婚礼，他们让我来邀请您参加。”

我看着前来邀请我的粉嫩男童，脸上的笑意再也控制不住，见我点头，他欢快地转身就走。

在乡村小学的这几年，我经常收到这样的邀请，哪一次我都会接受邀请，即使我清楚这只是他们这群孩子的玩闹。

中午的时候我化了妆，用厚厚的粉底将脸上的伤疤遮住，穿上早就准备好的衣服奔赴他们结婚的盛宴。

苏克和李安晴的婚礼就在学校的操场上举行，我赶到的时候已经围了很多人。

苏克小绅士一般站在那里给来的人发喜糖，而李安晴则害羞地躲在一群女孩子中间。他们轻声地说话，脸上带着稚气。

我走到李安晴身边，见她周围一群女孩子叽叽喳喳地对她头上戴的野花提着建议，有的说要戴红色的，红色的喜庆，有的说要戴白色的，电视里结婚都是穿白纱，戴白花，几个女孩意见统一不起来，不长时间就争得面红耳赤。

我无意于参与到孩子们的玩闹中，就退了几步听她们商议。我没听到她们最终商议的结果，却看到一群女孩子开始四散进操场边的草丛中寻找着什么。

等她们回来的时候我才看清楚，李安晴已经戴了满头的白花，带着笑靥的样子像极了花仙子，而她身边围着的三个女孩竟然都戴了一头红色的野花，红艳艳的，将气氛染得喜庆。

“新娘子变成四个了呀。”我不由得感叹。却不想李安晴拉住了我的手，认真地告诉我：“顾老师，她们是我的伴娘，她们说我戴白花不喜庆，所以帮我喜庆，这样我和苏克才会幸福。”

“顾老师，你什么时候当新娘子呀？”

“顾老师，你的伴娘到时候也会为你戴上红花的。”

“顾老师，……”

孩子们的声声问询让我呆愣在当场，这些在几年前我可以笑着回答他们的问题现在竟成了我的困扰。我看着他们心底不免感慨，什么时候开始，这些八九岁的孩子轻易就能寻找到的幸福却已经消失在我们成人的世界里。

我不知道怎么回答他们，我想告诉他们我也曾有他们这样单纯渴慕幸福的时光，我也曾有喜欢爱慕的人环绕身旁，我也曾有最知心的姐妹深夜畅聊……

只是那些愿意为我戴上红花送我走进婚姻殿堂的人，那个可以让我低到尘埃里喜欢的男生，那些我以为我们可以一生一世幸福相拥的人，此刻已经四散天涯，各自飘零。

我躲在这草长莺飞的乡间本来是为了将他们遗忘，可是我却发现他们与那段生生死死的青春一起，刻进了我的骨子里，他们早已经融为了我生命的一部分，那些欢快、痛楚、铭心刻骨的岁月，我从未忘记。

“孩子们，顾老师给你们讲个故事好不好？”等我开口的时候，刚才那些问询的目光早已经转移到那童稚的婚礼现场，我看着他们，心底却再次唤起对那段岁月的回忆。

CHAPTER 01

第一章 订婚宴

依山傍水的大学校园，在秋意盎然的九月美得像极了一幅巨大的油画。我和唐小秋、乔冉行走在如诗如画的风景中，我们正讨论着中午要吃什么，就接到了吴羽纤火烧火燎的电话。

“你们三个在一块吧？快点过来，我请你们吃饭。”吴羽纤在电话那端兴奋地喊。

听了吴羽纤的话，我们几个都兴奋起来，连声地问她现在在哪里，吴羽纤在电话那端轻声笑笑，然后神秘地说道：“你们先来广播站。”

“你又要搞什么名堂，快说。”唐小秋先忍不住了，抢过我手中的电话就着急地问。自从和宁远汐确定了恋爱关系，吴羽纤就像是吃了兴奋剂，不时地制造出一些小惊喜调剂我们的生活。

“等你们来了就知道了，不说了，我在广播站等你们。”吴羽纤仍然故作神秘。我和乔冉无奈地笑笑，而唐小秋更是忍不住说了一句：“吴大小姐有钱，就是任性。”

“咱们是没钱所以只能认命去做小卒子，走吧，咱们给她呐喊助威去。”我笑着揽住唐小秋的肩膀，拽着有些不情愿的她向着广播站走去。

吴羽纤早就等在了广播室外面，见到我们来了，她胖胖的脸上都泛出了兴奋的光，她上前拉住我们的手就往广播室走。

广播台上早已经坐着一个美丽女生，见我们来她只是冲我们笑笑，然后就问询一般地看向吴羽纤，吴羽纤高声说："可以了，快点开始吧。"

说话的时候，吴羽纤神情激动，紧紧地抓着我的胳膊，眼睛盯着广播台后的美女，听她嘴里轻声地吐出那个重磅消息："本周六晚上七点，宁远汐同学和吴羽纤同学的订婚仪式将在鸿雁楼举行，欢迎各位同学莅临。"

"本周六晚上七点，宁远汐同学和吴羽纤同学的订婚仪式……"那美丽的播音员将消息又播了一次，我听到空旷的校园里响起播音员甜美的声音，一时间脑中一片空白，继而是海浪一般的喜悦袭来，终于在震惊中反应过来的我听到耳边乔冉和唐小秋的尖叫声后也控制不住地跟着尖叫起来。

吴羽纤咬着嘴唇静静地看着我们，肥胖的脸上绽放的笑意如同春天里的百花。

当我们在兴奋中平静下来时，校园里的惊呼声依然此起彼伏，在大二就公布恋情，宣布订婚，这是需要很大勇气的，这样的勇气足以鼓舞学校里更多的男生女生出双入对，足以让对爱情充满向往的男女欢呼雀跃，因为吴羽纤的行为更像是启明灯，让他们觉得未来一片坦途。

如果说学校里此刻最兴奋的是吴羽纤，那么欢呼雀跃的就该是那些丑姑娘胖姑娘了。因为吴羽纤和宁远汐的恋情，就是典型的灰姑娘和王子，不，应该是恐龙和王子。

即使作为吴羽纤的好朋友，我都不得不承认吴羽纤的丑，有点惊天地泣鬼神，甚至可以用恐龙来形容。她体型肥胖，尤其是腹部和腰粗壮得厉害，远远看去像极了一个陀螺，一脸的肥肉将五官都挤得变了形，笑的时候几乎看不到眼睛。

而宁远汐是我们所在大学远近闻名的帅哥之一，虽然不是帅得惊天动地，但是俊朗有型，为人更是温柔谦和。如果不是他对吴羽纤温柔呵护多年，我们这些吴羽纤最好的姐妹都不敢相信今天的事情是真的。

“为什么不早告诉我们，吴羽纤，我们还是不是朋友？”在惊讶过后，唐小秋率先反应过来，责怪吴羽纤道。我们也都看向吴羽纤，带着责怪。

“我这不是想给你们点惊喜吗，怎么样？惊喜吧？说点好听的祝福我们吧。”见我们虽然责怪但是笑意不减的脸，吴羽纤得意地说道，幸福就写在她胖胖的脸上，不用我们祝福的语言多加描述。

“吴羽纤，你是不是对自己的爱情不自信呀？幸福不是别人说说就幸福的。”乔冉见不得吴羽纤得意的小样，忍不住说道。

“还是好姐妹呢，你……”吴羽纤清楚乔冉的个性，但是还是有些不悦地说道。

“吴羽纤，乔冉的意思只是不想让你得意忘形，没别的，你没见她刚才高兴得嘴都合不拢了。”我赶紧上前将乔冉的心思说出。吴羽纤能幸福是我们几个最盼望的，只是乔冉不希望吴羽纤被冲昏头脑罢了，毕竟她与宁远汐的组合太让人吃惊了。

“羽纤，乔冉什么人你不清楚呀，她是高兴得不知道怎么说话了。”一直没说话的唐小秋温柔的语调响起在广播室，好像流水一样抚平了吴羽纤有点不安的情绪。

乔冉没说话，吴羽纤看着她，保证一般说道：“你们放心，我俩肯定会幸福的。”

吴羽纤的话说得斩钉截铁，我们几个则上前紧紧握住她的手，就好像帮她握住了幸福一样。

“为了庆祝我和宁远汐周末订婚，今天我请你们出去吃大餐。”还没等我们从兴奋中缓过神来，吴羽纤就说了另外一个让我们兴奋的消息。

吴羽纤最不缺的就是钱了，作为她的朋友，她一直不断地送我们零食，请我们吃饭，给我们买漂亮衣服。当然对她的男朋友她更是舍得花钱，宁远汐的电脑、摄像机、手机全是吴羽纤一手包办的。看着宁远汐从上到下一身的名牌，乔冉就曾经常开玩笑，说宁远汐不仅仅是找了个女朋友，还找了个衣食父母。

因为是庆祝，我们宿舍四姐妹都喝了点酒，尤其是吴羽纤，她都喝醉了，她红着脸不停地笑，见我们看向她的时候就不停地说自己要和宁远汐订婚了，她一遍遍地说，一遍遍地笑。见她终于找到自己的幸福，我们都很高兴，我们相约周六下午就去帮忙布置订婚仪式。

周六我们赶到的时候，订婚仪式的现场已经布置得喜庆非常，见我们来了，吴羽纤直接拉着我们上了二楼的化妆间，那里挂着几套礼服，她将漂亮的礼服递到我们的手上，笑着说："这是我按照你们的喜好和身材定做的礼服，你们先试试，看喜欢吗？"

等我们换上礼服从更衣间走出来，吴羽纤都忍不住感慨："我太有眼光了。礼服和你们的气质非常搭。"

见我们换好了礼服，吴羽纤又献宝一样拿出了一套做工考究的男士西装，很忐忑地问我们："你们看宁远汐这套礼服怎么样？"

"你给宁远汐准备的当然是最好的，他人呢，还没来？"我这才意识到订婚仪式上只有吴羽纤一个人在忙碌。

"你们来之前他给我打电话了，说马上就到。"吴羽纤说完之后，脸上又挤出了几分笑意。

不过宁远汐确实不久就到了，他进了化妆间，看了一身礼服的我们，然后温柔地看向吴羽纤，小声解释道："学生会有些事情，我有些来晚了。"

吴羽纤将礼服递给宁远汐，然后兴奋地问他喜欢不喜欢。宁远汐连看都没看一眼礼服，就淡淡地说喜欢。他毫不在意的样子让吴羽纤有些失落，但是她还是讨好般走到宁远汐的身边问道："宁远汐，是不是你不喜欢这礼服，我是按照你的身材专门找人在意大利定制的，面料、做工在国内都很罕见。”

吴羽纤以为宁远汐不喜欢她定做的礼服，所以很紧张地解释，而宁远汐在听吴羽纤说完话之后，淡淡地笑着回应道：“我很喜欢这礼服，你不要多心。”

“那你是不喜欢我，觉得我太胖，配不上你是不是？”吴羽纤话语中有些不高兴了，因为今天宁远汐分明不高兴，脸上的笑都很勉强。

“没有的事，纤纤，我只是觉得咱们弄这订婚仪式太仓促了，我怕做得不周到，因为它对我而言太重要了。”宁远汐的话说得深情，吴羽纤听后脸上的愁云终于散去。宁远汐看着吴羽纤也笑了，只是在他身侧的我看得出来，他的笑并不是由衷的。

因为订婚仪式已经准备得差不多了，试完礼服，唐小秋见没什么事情就说要出去一趟，订婚仪式现场就剩下了我和乔冉帮着吴羽纤做些边边角角的事情，而宁远汐待了一会儿，说有事情要出去一下，吴羽纤见他一个人无聊得厉害，赶紧让他去忙自己的事情。

晚上订婚仪式马上就要开始的时候，宁远汐才姗姗来迟，看着我们抱歉地笑笑，然后对吴羽纤解释，吴羽纤见他紧张的样子，不停地说没事没事。

宁远汐刚到，吴羽纤的爸爸就来了，只是我们谁都没想到她的爸爸竟然是我们英俊儒雅的校长，当吴羽纤喊着爸爸奔向吴校长的时候，不仅是我们，就连宁远汐都愣住了。

等吴校长进了酒店，乔冉就忍不住盯着吴羽纤看，看了很久，才说道："你竟然是我偶像的女儿，我风度翩翩的吴校长，竟然……"

吴羽纤只是笑着，只是那炫耀一般的笑容让我们艳羡不已，有这样一个长得帅气，并且是很多学生心中偶像的父亲确实是值得骄傲的。

吴羽纤的妈妈在吴校长进了酒店之后就到了，她从车里走出来，就给了吴羽纤一个拥抱，脸上全是宠溺。她是经常在网络和报纸上出现的商界传奇，吴羽纤应该是遗传了她的胖，也遗传了她的小眼睛，但是和吴羽纤比起来，她多的是女人的雍容华贵和气场，那样的气质不单单是用钱就能堆砌起来的。

"吴羽纤，原来你一直生活在传奇里，你的爸爸是传奇，妈妈也是传奇。"见吴羽纤的妈妈进了酒店，乔冉忍不住再次喊道，吴羽纤幸福地笑着，我见站在她身边的宁远汐也笑着，只是现在的笑容比下午的时候要明媚许多。

宾客好友都来得差不多了，负责订婚仪式的司仪来请吴羽纤和宁远汐的时候，唐小秋都没有出现，吴羽纤看着司仪，对她说再等等。

"别等了，咱们进去吧。"宁远汐等吴羽纤说完话就劝道。

"宁远汐，唐小秋是我的好朋友，我希望她能见证我们的幸福。"吴羽纤说话的时候很认真，但是宁远汐的淡笑却僵在了脸上。

"别等了，唐小秋也知道今天特殊，肯定不会迟到的，你们先去准备。”订婚仪式也是讲究吉时的，我见吴羽纤一脸的坚持，忍不住劝道。我的话说完，乔冉也帮腔劝着，吴羽纤才挽着宁远汐的手进了酒店。

我们以为唐小秋一定会期待着看到吴羽纤的幸福，却没想到就在司仪宣布订婚仪式马上开始的时候，唐小秋却突然出现在酒店的门口，高声喊着：不要。

唐小秋穿着白色的小纱裙礼服柔弱地站在酒店的门口，她只用两个字就吸引了全场所有人的目光。她看着站在自己对面的吴羽纤和宁远汐，再次郑重地对吴羽纤说：“纤纤，不要和他订婚。”

吴羽纤在唐小秋突然出现，喊出“不要”两个字的时候就已经变了脸色，她不解地看向唐小秋，又转头看向宁远汐。宁远汐的神色依然温柔，她的身体仿佛被注入了力量，一改之前的慌乱，转过头来对唐小秋说：“小秋，别闹了。”

可是吴羽纤的话没能阻止唐小秋，她快步走到酒店正中，在那众目所归的位置，牵起吴羽纤的手，说道：“纤纤，你不要闹了，你没觉得你们不般配吗？”

吴羽纤没想到唐小秋阻止自己竟然是这样的理由，她有些恼火，因为唐小秋的话，更因为唐小秋是自己最好的朋友，别人可以说他们不般配，但是她是看得到自己付出的，怎么能说出这样的话？

“唐小秋，你闭嘴。”见唐小秋还想说话，吴羽纤已经控制不住自己的情绪，她高声喊着，好像声音高就能掩盖此刻自己心底的慌乱。唐小秋依然没有闭嘴，她看着吴羽纤，说话的语气依然真诚，她说："你们在一起不会幸福的。"

"唐小秋，不许你胡说八道。"吴羽纤再也忍不住心底的怒气，伸手就打向了唐小秋的脸。唐小秋摸了一把自己的脸，却依然不屈不挠地喊道："我不会害你，也不会无缘无故地说出这样的话。宁远汐这样的人怎么会喜欢你，你就别做梦了，你以为有了这订婚仪式他就是你的了？怎么可能，不要自欺欺人了。"

唐小秋的话，一字一句，落到参加订婚仪式的人的耳中，也落到了吴羽纤的心里。

吴羽纤的脸突然就红得厉害，此刻的她就像《皇帝的新装》中一丝不挂的皇帝，她精心准备期盼许久的订婚仪式则变成了一个舞台，一个亲朋好友看自己笑话的舞台。

"唐小秋你故意的是不是？你为什么要这样？我对你不好吗？你为什么要来说这些？你看不得我幸福是不是？"吴羽纤的话连珠炮似的往外放，手也没闲着，在众目睽睽之下就开始撕扯唐小秋。我和乔冉赶紧上前想拉住她们，可是恨极的吴羽纤是用了蛮力的，我们不仅没有拉住她还被殃及，只是不长的时间唐小秋身上的衣服就变得凌乱不堪，头发也乱了，看上去有些狼狈。吴羽纤也没好到哪里去，脸上的妆已经花了，衣服也乱了，在我上去抱住她的时候她还拼力向前要撕扯唐小秋。

唐小秋没有躲的意思，嘴里还不住地喊"吴羽纤，我是为你好”。乔冉早已经从她身后将她抱住，我们两人费了九牛二虎之力才将她们拉开。

“纤纤，你又胡闹了。”一直儒雅温和的吴校长说话的时候脸上都带着薄薄的怒色，说话的时候还瞪了一眼躲在不远处的宁远汐。之前我和乔冉只顾着拉架，都没注意到今天的男主角在遇到这样事情的时候竟然是远远地躲着的。

说完话之后，吴校长就转身走了，见吴校长走了，吴羽纤的妈妈和很多长辈也都起身离开。吴羽纤呆呆地望着这些半途离开的人，眼中泪水不住地落下，早就花了的妆面此刻被泪水浸润，更是惨不忍睹。

吴羽纤没想到自己精心准备了许久的订婚仪式，自己期待了许久的订婚仪式竟会以这样的形式收场。她哭得很伤心，冲着毁了这一切的唐小秋大喊：“唐小秋，你滚，你滚，以后我再也没有你这个朋友了，咱们绝交。”

唐小秋看着吴羽纤，叹了口气，说了句：“总有一天你会知道我是为你好。”

唐小秋说完话之后头也不回地走了，吴羽纤看着唐小秋决然离去的背影，眼泪更是控制不住地往下流。

“桐桐，乔冉，你们不知道我多么盼望着订婚这天的到来，盼了好久好不容易才盼到，可是唐小秋她……”吴羽纤话说到一半，就继续号啕大哭。

“我想和宁远汐订婚呀，从高中我们谈恋爱的时候开始我就盼着这一天，可是……”吴羽纤哭得太厉害，连话都说得不连贯。我心疼地抱住她，轻声地安慰，却不想乔冉突然双手扶住了吴羽纤的肩膀，郑重地说道：“纤纤，有句话你可能不爱听，但是我必须要告诉你，唐小秋虽然有不对，但是你也应该清楚，你是拢不住宁远汐的心的。”

乔冉的话让吴羽纤停止了哭泣，她认真地看着乔冉，正想开口，唐小秋的声音却传入了我们耳中：“纤纤，乔冉说的是对的，你看。”不知什么时候离开的唐小秋又返了回来。

唐小秋说话的时候已经走到了我们面前，将一沓照片递给了吴羽纤，吴羽纤不想接，唐小秋硬生生将手里的照片塞到了吴羽纤的手中。

吴羽纤看着照片，刚刚停住的眼泪再次落了下来，滴到了她手中的照片上。我和乔冉探头看去，只见照片上是宁远汐和别的女孩在一起的亲密照片，他们或手牵手，或肩并肩，居然还有接吻的照片。

“吴羽纤，虽然我的方式不对，但是我也是希望你幸福，不想让你蒙在鼓里。”唐小秋的话说得语重心长，看得出来她对搅黄了吴羽纤的订婚仪式很是愧疚。

“唐小秋你是骗我的是不是？你告诉我你是骗我的！宁远汐怎么会脚踏两条船？不可能的，他说过这辈子最爱的女人就是我了。”吴羽纤一边哭一边揉着手中的照片，好像将这些照片揉碎了它们就不曾存在过。

“宁远汐呢？让他解释一下不就行了？又躲起来了？”乔冉将手中的照片看完之后，面上也有了怒火，开始四处找宁远汐。

一直躲在不远处的宁远汐听到乔冉喊他的名字，才慢吞吞地走了过来。乔冉有些恼火地将照片扔到他的身上，说了句：“你是不是该给我们纤纤一个解释？”

宁远汐有些紧张地接过照片，看了眼照片之后，很是无辜地说了一句：“你们看这像是真的吗？分明就是PS过的，这样的你们都信。”

宁远汐的委屈落到吴羽纤的眼中，很快就化为了心疼，她擦了一把自己的眼泪，然后拽着宁远汐的手很温柔地说：“我相信你，你是不会脚踏两条船的。”

吴羽纤的话是坚定的，宁远汐温柔地拍拍吴羽纤的肩膀，温和地劝道：“纤纤别哭了，我们的爱情和订婚仪式没有任何关系，即使没有订婚仪式我爱你一如当初。”

“你们这是要刺激我们这些没人要的吗？不早了，咱们得回去了。”乔冉见两人又在我们面前秀恩爱，忍不住打断，说完话就率先走了出去。

宁远汐的话成功地安慰了吴羽纤，但是她显然没有相信宁远汐为照片找的借口，在这一点上她和我们是一样的。

晚上卧谈会的时候，乔冉告诉吴羽纤，她有个朋友是PS高手，能一眼就看出照片是不是合成的，她问吴羽纤要不要把照片拿过去让那个朋友看一眼。

“不用，我相信他。”吴羽纤惯于有啥说啥，所以我们听出了她话语中的心口不一。

“纤纤，去让那人看看吧，这样就安心了。”我也忍不住劝道，见到自己喜欢的人和别人在一起亲密的照片，怕是哪一个女人心里都会不痛快，如果确定是假的，那也就不用再忍受心底的折磨。

“不用。”吴羽纤很明确地拒绝。

宿舍里一片静谧，在暗黑的夜里，我们听到的只有彼此的呼吸声。

就在我以为吴羽纤已经睡着的时候，她的话语突然幽幽地传来，她说：“我害怕是真的。”

她的话让我的心蓦地一疼，正想开口，乔冉的声音就落入我的耳中：“那就让自己配得上他。”

“我要减肥，从明天开始，你们要监督我。”吴羽纤的话再次将我要说出口的话堵在了心底。

我们认识吴羽纤一年多了，这一年多里她说得最多的话就是她要减肥，她坚持减肥最长时间是三天，所以她再次咬牙切齿地说要减肥的时候，我们都不以为意，以为她不过是受了照片的刺激，可能过不了两天就又开始该吃吃该喝喝了。

我们谁都没想到，吴羽纤这次是认真的，而且是不要命的那种。

早上我们都还在睡梦中，吴羽纤就闯进了宿舍，高声喊着：“快点起床了，起床了。”

“你起这么早干什么？”之前吴羽纤要减肥却从来都没耽误过睡懒觉的，她叫我们起床让我怀疑太阳是不是从西边出来了。

“我跑步回来了，出一身汗的感觉真舒服，我先去洗澡了，你们快起床吧。”吴羽纤说完话就拿着衣服去洗澡了，剩下被吵醒的我们三人面面相觑。

“她玩真的？”乔冉几乎不敢相信自己的眼睛，在愣了很久之后问道。

“待会儿吃饭的时候就知道了。”唐小秋的回答让我们三人都笑了，是的，每次宣称要减肥的吴羽纤在见到饭菜的时候总是会放弃自己所有的原则和坚持。

吴羽纤回来的时候我们三人已经收拾好了，见她回来我们就喊她去吃早饭，吴羽纤对着我们笑笑，从桌子上拿起了一个苹果，说：“你们去吧，我吃个苹果就好了。”

“吃个苹果怎么够？你就是减肥也不能不吃早饭。”见吴羽纤一脸坚定，我忍不住说道。

“你们去吧，这次我是真的要减肥了，我只有瘦瘦的，别人才会觉得我和宁远汐般配。”说到宁远汐的时候她被肉堆得小小的眼睛里全是温柔的光。

“别诱惑我了，你们快去吧，一会儿咱们教室见。”吴羽纤说完话就去忙自己的事情，一看就是打定了主意不去吃早饭了。

“她对自己真狠。”在去食堂的路上，一直说话刻薄的乔冉都忍不住叹息。

“这就是爱情的力量呀。”直到现在我不得不承认爱情的魔力。

“不一定，没准中午吴羽纤就会喊我们出去吃大餐了。”唐小秋显然不相信吴羽纤能坚持住。

“但愿吧。”与现在苦着自己要减肥的吴羽纤比起来，我更喜欢那个喜欢大口喝酒大块吃肉的爽朗的吴羽纤，总觉得那样的她才是真实的。

只是因为爱情，我喜欢的那个吴羽纤再也回不来了，她不仅没有吃早饭，午饭晚饭都是用水果代替，晚上还喊着我们去跑步。

吴羽纤坚持了下来，只是她那执拗的坚持让我心疼，我从来都不知道爱情可以让一个人这样苦着自己。

在吴羽纤坚持了三天之后，她的身体已经很虚弱了，却还是强撑着出来跑步。

“纤纤，你多少吃点儿饭呀，只吃水果怎么行，你身体会受不了的。”我不放心地跟在了她的身边，再次劝说。

“桐桐，都说减肥最难熬的是前三天，你看我都熬下来了，以后会好的。”吴羽纤说话的声音已经很虚弱了，说完之后就继续低头往前跑。

我看着她执拗的背影心疼不已，我只能祈祷她这样执拗的自苦能换来属于她的幸福。

好在将吴羽纤的情况看在眼中的不仅仅是我自己，宁远汐也看到了，就在我犹豫着要不要追上吴羽纤的时候，她的身边多了一个我熟悉的人影，他将奔跑着的吴羽纤抱在了怀里。

“纤纤，咱们不跑了，不减肥了好不好？”宁远汐说话的时候神色中全是疼惜。

“宁远汐，我只是想让自己变得好一些，瘦一些，只有这样我才能配得上你，我不想让别人说我配不上你。”

“傻丫头，我喜欢的是你的人，和胖瘦没有关系，你不用这样苦着自己。”宁远汐听了吴羽纤的话明显一愣，却还是温柔地劝她。

“宁远汐，我只是想让咱们以后能幸福地在一起，我做这一切的时候想的都是我们以后的幸福，所以我有信心能减掉这一身肉的。”虽然说自己有信心，但是在面对自己喜欢的人关切的目光时，吴羽纤的话音中还是带了颤抖。

“我们会幸福的。”宁远汐将吴羽纤抱在怀中，认真地保证道，吴羽纤轻轻点头，却还是很遗憾地提到了他们的订婚仪式，说自己很希望能和他订婚的。

“傻丫头，那不过是个形式，没有了就没有了，如果你喜欢，等咱们毕业以后，我为你办一个订婚仪式，要比那天的场面更大，要让周围所有的人都看到我们的幸福。”宁远汐说话的时候紧紧握住吴羽纤的手，那深情的样子让吴羽纤的眼里盛满了感动的泪水。

“纤纤，不要减肥了，听话。”宁远汐再次叮嘱，吴羽纤在她的怀中拼命地点头，我在她不远处看着，心底唏嘘不已。

爱情之于女人果然是万能的，能让人伤心地哭，也能让人放肆地笑，它能将女人雕刻成战无不胜的女战士，也能让女人见月伤怀柔情万种。

CHAPTER 02

第二章
玲珑心

为了修够课外实践的学分，我每周五都要去系里的实验室打扫卫生，只是没想到这个周五，我竟然能遇到传说中的冷司轶。

冷司轶，学校的四大帅哥中最冷漠的一位。他比我们高一级，在我们这些学妹们心中，他一直是个天神一样的存在。

据说他家中相当有钱，据说他不喜欢和人交流，据说他最喜欢的是一只猫，据说……关于冷司轶的所有事情我们都是道听途说，因为没有人能接触到他。

我控制不住地瞥向冷司轶，他比传说中的还要帅，棱角分明的脸，浓眉大眼，高挺的鼻梁，还有丰润的唇，应该是无数少女心中勾勒过的模样，只是他周身都散着寒气，即使离他很远都能感觉得到他身上那股生人勿近的气息。

他做实验很认真，连我推门进来他好像都没有觉察一般。我看他他也毫无察觉，依然在认真地盯着手中试管上的刻度。我看着他英挺的侧面、深邃的眼眸，一时间竟然愣住。

冷司轶放下试管，好像意识到我在盯着他一样，他猛地转头对上我的视线，那锐利的目光刀锋一般，我慌乱地低下头不敢再看他，因为他的坏脾气和他的冷漠一样，虽然同学们都没有亲见却已经深入人心。

等我再次战战兢兢地抬起头的时候，他的视线已经再次落到了手中的器皿上，好像刚才并没有看到我的存在，意识到这点，我终于松了一口气。

可是他的目光却再次袭来，只是这次他看的不是我的脸，而是我的手腕，我本能地将被他盯着的手藏到身后，却不想他突然从兜里掏出一摞钱，扔到我的面前。

“把手链卖给我。”他说话的语气像是下命令一般，可是那声音却好像有魔力一般，让我乖乖地屈服。

我将手中的陶瓷手链取下，将手链递到他的面前，另一只手将他刚才扔给我的钱也放到了他的面前，说了句：“不用钱，我免费送你。”

冷司轶瞥了我一眼，将钱重新推给我，说了一句：“这是我的原则。”

他将话说到这个地步，我也没有办法推拒，就欣然地收下了他塞给我的一摞钱，婆婆随手做的一个手链竟然值这么多钱，这让我有些意外，更多的是高兴，高兴得都有些傻了，竟拿着那摞钱在冷司轶面前傻乐。

只是刚才我没注意到冷司轶接手链的时候手上是带着手帕的，他接过手链之后就用镊子夹了放到容器里消毒，然后才又拿出另一块手绢，将那手链悉心包好放进兜里，然后继续做自己的事情，好像刚才和我的谈话和交易都不曾存在过。

冷司轶的洁癖我是听说过的，但是看他那样精心地将手链收起来我才确定他很喜欢瓷器，他的喜欢让我心中又是一喜，我高兴地转身对冷司轶说："我家就是卖瓷器的，如果你喜欢，我这周末回家的时候会看看婆婆有没有做新的瓷器，如果做了我带给你看看。"

冷司轶没有说话，只是审视地看着我，我有些担心他会拒绝。

"你刚才要的那串手链就是婆婆做的，她很厉害，能做出很多特别出色的东西。"我着急地解释。冷司轶只是看着我，很久之后才说了一句："可以。"

"可以"两个字，仿若天籁一般让我心底的兴奋如烟花一般璀璨绽放，我再也控制不住来自心底的笑意，笑呵呵地看着冷司轶。冷司轶很难理解地看着我，很久才说了一句："把你的手机号给我。"

"我的？"冷司轶竟然要我的手机号，在他说完话之后我不由得愣住，有些不敢相信这竟然是真的。

"如果有了新瓷器，你和我联系。"冷司轶好像全然没将我的震惊放在眼中，只是平静地说。

我这才反应过来，更加确定冷司轶对陶瓷的喜欢，我甚至笃定他会是我的大财源，我很兴奋地将自己的手机号给了冷司轶，冷司轶也将自己的手机号留给了我。

我迫切地想把我们的瓷器找到了买主的消息告诉婆婆，可是等我迫不及待地赶到家中的时候婆婆并没在家，而家里乱得好像遭过洗劫一样。

我赶紧收拾这凌乱不堪的家，将四散放着的东西归位，将床单、被罩、毛巾还有婆婆换下没来得及洗的衣服都洗了，忙完这一切我都累得有些虚脱了，躺在床上看着自己的劳动成果，心里美美的。

“你都十九岁的人了，回到家就知道偷懒，你什么时候才能长大呀。”就在我幻想着婆婆回来之后会夸我能干的时候，婆婆尖锐的声音刺破了我的耳鼓，我慌忙从床上站起来，见婆婆已经晃晃悠悠地走到了床边。

“大白天的睡觉，你说谁家丫头和你一样懒？这都几点了，回家不知道做饭吗？你想饿死自己还是饿死老婆子我？”婆婆看到我之后更是气不打一处来，看她那愤怒的样子，我只能按下心头的委屈。

“婆婆，我……”我想对婆婆解释，我没有偷懒，我收拾了半下午的房间，还没来得及去做饭。

“又要找借口是吧？现在的孩子真是，不干活借口倒是一套又一套的，桐桐，要想出人头地，你不能总找借口，总找借口的人最后都是一事无成的你知道不知道？”不等我的话说完，婆婆就开始了自己语重心长的教育。我心里委屈得厉害，想哭，也想冲她发火，可是想到她是长辈，她年纪大了还要照顾我，我终究还是没有狠下心来。

“你这孩子真是气死我了，气死我了……”婆婆并没有看我委屈的脸，就自言自语地转身离开，看着她的背影，我的眼泪终究还是不争气地流了下来，藏在心底的那个好消息再次想起都没有办法让我高兴了。

婆婆生气走了，如果我一走了之，她都不知道要什么时候吃晚饭了，就像她说的，已经不早了。

我还是做好了饭，炒好了菜，只是看着冒着热气的锅灶，我却没有了留在家里和婆婆一起吃饭的欲望，我打扫完卫生就收拾东西回了学校。

可是即使到了学校，远离了婆婆，我还是没有食欲，只觉得心里委屈得厉害，想找个地方大哭一场。

我在校园里走着，一直走到思源湖边，心才慢慢地静了下来，我坐在湖畔的椅子上，忍不住泪流满面。

爸爸妈妈都在偏远的地方打工，拜托婆婆照顾我，可是婆婆的脾气却越来越坏，每次回家总是一遍遍地训斥我，好像我做什么都是错的。我不知道要怎么办，我想告诉父母我的委屈，可是我都联系不上他们，唯一维系我们父女亲情的就是每个月他们寄来的那封信。

我不怪婆婆，可是我想我的爸妈了，我有三年没见到他们了……

家的温馨，妈妈的温柔，和爸妈在一起的一切回忆都排山倒海而来，我的心渐渐被思念浸润，泪水更是无论如何都控制不住，在这个无人的湖畔我觉得我就像个无助的孩子。

我的啜泣声越来越大，我旁若无人地在湖畔哭泣，却不想有个高声朗读英语的声音离我越来越近，直到那声音就在我的耳畔。

我揉了揉哭肿的眼睛转过头，只见到一张英俊帅气的脸，他正目不转睛地盯着我的眼睛。我摸了一下自己的眼睛，还没说话，就听他说了一句："顾桉桐，你怎么这么没出息？"

他的语气里全是嫌弃，看向我的眼睛都变成了鄙夷，我看着他想解释，只是还没想好借口，他恶毒的话就再次说了出来："你哭这么大声是给思源湖的水听吗？它都不愿意听，更别说路过的人了。"

"和你有什么关系。"我听着他的揶揄，很不悦地反击。

"我只是提醒你，你哭多大声都没用的，你看你哭了这么久谁来安慰你了，与其在这里哭着浪费体力，你不如省着点力气去吃饭。"程子延的话依然很不客气，但是我却听出了话语中的关心。

"你这不是跑来安慰我了，还耽误你宝贵的学习英语的时间。"我得意地对程子延说话，程子延挠了挠头，然后无奈地笑了。

程子延是外国语学院的高材生，我和他的交集出现在去年他们学院的交流会上，把英语六级作为终极目标的乔冉拽着我去参加，却在我被外教老师喊着问问题的关键时刻去了厕所，当时连老师问的是什么问题都没听懂的我呆呆地站在一群外语成绩出类拔萃的学生中间尴尬到要死，是程子延站起来替我回答了问题，并向老师解释我不是外国语学院的学生，才将我从尴尬里拯救了出来。

因为他危难时刻的拔刀相助，我们成了朋友，乔冉也因此有了学习外语的伙伴，就为这个乔冉现在都经常说感谢我当时没听懂老师的话，让她多了个朋友。

“是你的哭声影响了我学习的心情，走吧，我请你吃饭。”程子延说得很是无辜，说话的时候他已经拉住了我的手，好像怕我会拒绝。

“行，给你个面子，宰你一顿安慰下我这受伤的小心灵。”我果断起身跟着程子延离开。

程子延很高兴地将我带到了离学校不远的一个川菜馆，我正要夸赞程子延朋友做得很合格记得我的口味，可是话没开口，我就听到了一个熟悉的撒娇一样的声音：“都辣死我了。”

我循声望去竟然是唐小秋，她对着撒娇的那个人也是我熟悉的，竟然是宁远汐。我愣在那里看着宁远汐低着头和唐小秋说话，然后唐小秋破涕为笑。

“别看了，帅哥美女又不能当饭吃，如果你觉得帅哥秀色可餐，你身边这个也不差。”程子延笑着调侃自己，我又看了不远处的两人一眼，没怎么在意。

因为程子延的风趣幽默，吃完饭回到学校时我的心情已经大好。

“我自己走回去就行，没几步路了。”路过外国语学院男生宿舍的时候，我对一直跟在我身后插科打诨的程子延说道。

“怎么，不给我一个做护花使者的机会呀？你看这月黑风高的，姑娘你又长得如花似玉，怎么让人放心？万一让人给欺负了，岂不是会显得我很不男人？”程子延的话语虽然诙谐，但是神情中的坚定让我清楚我拒绝不了他。

我没有说话径直往前走，程子延快走两步走到我的身边，笑着问："怎么，有本帅哥护送你，是不是觉得脸上都有荣光呀？"

看他一副得了便宜还卖乖的模样，我一时间不知道怎样应对，就转过头去看向别处，发自心底的笑容却怎么都遮挡不住，从见我流泪之后，程子延就一直在努力地插科打诨，努力地说一些自以为好笑的话语，就是为了让我开心。

见我不说话，程子延也不再说话，就跟在我身后，一路走到女生宿舍的楼下。

"顾桉桐，以后如果不开心了你可以来找我，我别的本事没有，但可以对着你背诵英语，还可以请你吃饭，让你有力气继续不开心。"程子延笑着说，他的神情依然带着担忧，说话的时候却又非常郑重。

"好，以后我会把你当成我的情感垃圾桶的，只要我不高兴了，有负面情绪了就去找你，行吧？"我一边说一边拍了下程子延的肩膀。

"好，谢谢你给我机会，让我继续做护花使者。"程子延说话的时候也拍了下我的肩膀，好像只有这样做才能证明我们之间的关系亲密一样。

正准备分别的我们道别的话还没说出口，就听到不远处砰的一声，然后就是一个女孩"啊"的一声尖叫。

我和程子延都转头看向声音的源头，又都同时僵在了当场，因为那个发出惊呼的女孩竟然是乔冉。

乔冉站在一堆冒着热气的碎片中间，路灯将暖水壶内胆映射出斑斓的色彩，乔冉就站在这样零碎的斑斓中，依然惊呼不已。

我赶紧上前攥住了乔冉的手，乔冉紧张地看着我，愣了片刻，然后“哇”的一声哭了出来。

程子延在我奔向乔冉的时候也跟了上来，见乔冉哭了，他说了一句：“不就打碎一个暖水瓶嘛，不至于哭得这么惊天动地吧？”

“Shut up（闭嘴）！”将头埋在我肩头的乔冉猛地抬头，冲着程子延喊道。

程子延看着乔冉，叽里咕噜说了一串我听不懂的英文，而乔冉更是不甘示弱，也说了一串英文，我英文成绩一直不好，听他们两个英语口语超棒的人吵架，能明白的也就是他们此刻看向彼此时眼睛中的怒火。

“你们别吵了，乔冉你没事吧，暖水瓶里面装的可都是热水。”见他们两人还要继续用英语吵下去，我忍不住打断他们，然后问乔冉。

乔冉好像这才想起自己刚才受了惊吓，面对程子延时那副女战士的神情瞬间不见，她看看我，然后低头看向自己的左腿，然后突然“哇”的一声，又大声哭了起来。

“乔冉，你怎么了，是不是烫伤了？疼吗？”我蹲下身子检查乔冉的腿，乔冉也蹲下身子，只是依然在抽泣。

“顾桉桐你放心，乔冉这种战斗力超强的女孩只要嘴不受伤就没事。”程子延的话说完，乔冉的战斗力就立马恢复到顶峰状态，只是她说出的话却一点儿都没有杀伤力，她哭着对程子延说：“程子延，我的腿真的烫到了，现在疼得厉害。”

听了乔冉的话，程子延也不由得愣住，自己和乔冉交往多时，虽然她说话很刻薄，但是很少见她这样可怜柔弱的样子。

“还等什么，快点送她去医院。”我抬头的时候看到两个人还仿若僵持一般地站着对视，忍不住说道。我已经看到了乔冉烫伤的地方，很大的一片，红红的。

“好，走吧。”程子延显然没想到乔冉伤得厉害，在听了我的话之后，就愣愣地对乔冉说道。

乔冉没有走，只是看着程子延，一脸的难以置信，我看着一脸委屈的乔冉，忍不住提醒此刻已经完全失了方寸的程子延，乔冉的腿受伤了，你让她怎么走，会疼的。

听了我的话，程子延才明白过来，他走到乔冉身边，蹲下身子，示意乔冉上来。

乔冉对着我笑笑，然后脸上带着几分羞怯，趴到了程子延的后背上，程子延背着乔冉，我跟着程子延，三人出了校门才打上车，然后一路向医院而去。

看了医生之后我们才确定乔冉烫得确实厉害，医生的建议是留院观察。

医生的话刚说完，乔冉就命令一般地对程子延道："以后照顾我的活儿就交给你了，还有，一日三餐也是你负责。"

"凭什么？我又不是你男朋友。"程子延听了乔冉的话，本能地抗拒。

"好了，乔冉，今天已经很麻烦程子延了，以后有我照顾你就行。"我的话音刚落地，乔冉就拽住了我的胳膊，将嘴凑到我的耳边轻声说道："傻了吧，他可是免费的劳动力，不用白不用。"

"想用也不给用。"虽然乔冉已经尽力将自己的声音压到最低，但是她的话还是被程子延听到，他也在第一时间就做出了反击，对于他的话，乔冉只奉送了一个大大的白眼。

帮乔冉办好住院手续安顿好她之后我和程子延才离开，他再次将我送到宿舍楼下，我忍不住问了句："明天，乔冉……"

"她又不是我的谁，我才不管呢。再说她说过了，不用白不用，我才不要给她用。"程子延有些骄傲地说完就扬长而去。

第二天一早我匆匆赶到医院，却见到程子延正端着饭盒坐在乔冉的病床前。

见到我，程子延的脸突然就僵住，然后很认真地解释说："我上午正好没课，只是来看看。"

看着程子延别扭的小样，我和乔冉相视一笑。像他这样的免费劳动力，既然自己找上门来，那当然是不用白不用。

乔冉只在医院住了两天就出院了，出院后她的生活就由我们几个照顾，虽然她力所能及的事情都自己做，但是我照顾一天下来也累得厉害，到了晚上我只觉得浑身都酸疼，躺到床上就不愿起来了。

可是还没等我进入梦乡手机就响了，我迷糊着挂断，可是手机依然响个不停，我伸手拿过手机，努力睁眼看向手机上的来电显示，在看到那几个字的时候，周身的睡意再也不见。

竟然是冷司轶。

那个冰冷的冷司轶竟然主动打电话给我，我控制不住心底的激动，如果不是在床上，我可能会忍不住欢呼雀跃。

我按了接听键，按完之后我才发现我已经紧张到不行，我在电话里都能听到自己粗重的喘息声。

“你好，冷司轶。”我努力压抑住心底的激动，镇定地说道。

“是顾小姐吗？我是冷少爷的管家，有点儿事要找您。”电话那端传来一个中年男子的声音。

不是冷司轶，这让我有些失望，但是冷府管家声音里的恭敬还是让我的心安定下来。

“有什么事能帮您，您说就行的。”我客气地回答。

“您现在方便吗？方便的话我接您来府上咱们细谈。”那管家的态度依然很客气。

我本来想拒绝的，可是想到那个冷漠的冷司轶，心底就全是好奇，就忍不住地想靠近他生活的地方，所以给冷府管家的答案是可以。

管家的车很快就到了，不久我就来到了冷府的别墅，然后被他带着走到了冷司轶的面前。

冷司轶正跷着腿坐在椅子上，脸色沉郁，他的低气压让整个房间都陷入了一种诡异的压抑中。

“顾小姐，少爷的猫把少爷最喜欢的瓷器给打碎了，我请您来是想让您看看，这样的瓷器您的家人能做出一模一样的吗？”那管家在说话的时候已经将瓷器的碎片递到了我的手上。

我接过碎片仔细地看了下这瓷器的釉面，听了听它的声音，然后仔细地辨别了它的质地，然后才对冷司轶说：“青花玲珑瓷，是可以做的，只是我没办法还原它之前的样子……”

冷司轶冰冷的眼睛里终于多了几分温暖，他盯着我的眼睛问道：“你的意思是这样的瓷器可以烧出来，如果见过原件的话？”

“可以。”我很肯定地答复道。

“那我画给你。”冷司轶的话没有疑问，只是很肯定地告知，我刚点头，他就站起身来，走到不远处的书桌上，拿起画笔就在纸上画了起来。

我离他不远，可以很清楚地看到他的侧脸，尤其是那海水一样深邃的眸子，还有那认真的神情，更给他添了几分神秘的色彩，我盯着他，心狂跳不已。

可是冷司轶好像并没有意识到我在看他，他只是认真地画画，在画完之后他看向我，说了句：“你看画成这样可以吗？”

我走上前去看冷司轶的画，不得不说冷司轶的画功非常好，他画的青花玲珑瓷瓶惟妙惟肖，那鲜活的感觉好像随时都能从画里走出来。

等我转头看向冷司轶的时候，他已经坐回了之前坐的椅子上，怀里抱着那只砸碎了青花瓷瓶的猫，那慵懒又性感的样子，让我几乎都忘记了呼吸。

我没想就是这样的一眼，我就彻底地沉沦了，所谓的一眼万年，也不过如此。

只是和我的怦然心动不同，我心仪的那个男生却好像并不喜欢我的存在，见我在看他，他的神色中都带着不悦，他扫视了一眼大厅，很无奈地说了句："管家已经睡了，你自己打车回去吧。"

说完话之后，冷司轶就站起身走到我的面前递给我一叠钱，我想拒绝，可是想到他在实验室里说的那句"这是我的原则"，我就再也没有了拒绝的勇气。

我接过钱转身离开，却不想我努力想得到的金钱也不是万能的，比如说在这远离市区的别墅区想打车就很难，我等了半个多小时连出租车的影子都没见到，无奈之下我只能打电话给吴羽纤，让她开车来接我。

当我期盼许久的车出现在面前时，我不由得站起身来想拥抱一下车里的吴羽纤，却不想车门打开后我才发现车里不仅仅有吴羽纤，乔冉和唐小秋也在。

“她们不放心你，也不放心我自己过来，所以我们就一起来了。”吴羽纤见我上车就对我解释，我看着三张冲着我笑的脸，再也忍不住心底的喜悦，也跟着笑了起来。

我的心底只有一个念头，有她们这样的朋友，真的是我的福气。

因为冷司轶的事情，我没等到周末就回了家，婆婆见到我的时候愣了一下，然后就继续低头做陶瓷的坯子，她做得很认真，连脸上都沾上了泥浆。

“婆婆，我回来了。”见婆婆还在生气，我只能赔着小心说话。

“我以为你离家出走之后就不回来了，还不错，知道回来。”婆婆说话的时候连看都不看我一眼，继续做自己的事情，好像我只是个陌生人，或者说我都不如她手中的坯子重要。

“婆婆……”我轻声地喊。

“我听得到，有事就说事，没事就一边儿待着去。”婆婆的话语依然带着刀锋，在她这里我好像永远都享受不到家的温暖。

我将手中冷司轶画的画打开，挪到婆婆面前，说了句：“这个您能做出来吗？”

婆婆看了眼那画，就继续低头做自己手里的活计，很久才说了一句：“青花玲珑瓷，我之前教过你怎么做，还记得吗？”

“记得。”我赶紧回答。

“那这个你做，我看着。”连商量都没有婆婆就做了决定，我看着婆婆，点头的时候，心底的担忧也开始泛了起来。

冷司轶喜欢的东西肯定都是没有任何一点儿瑕疵的，我虽然会做青花玲珑瓷，但是却不敢保证做得毫无瑕疵，所以即使婆婆将这个重担交给我，我都不敢接下。

“婆婆，要这个瓷器的人身份很特殊，我担心……”我终于还是将心底的疑虑说了出来，只是话刚说完，婆婆的脸色就变了，她很不高兴地问我：“我当时教你做的是精品的青花玲珑瓷，可不是带瑕疵的。”

我低着头不敢说话，怕再多说一句就会惹婆婆生气，可是我不说话都能让婆婆生气，见我低头不语，她的怒火更重，她说：“带瑕疵的青花玲珑瓷有人要吗？你做给谁的？为什么学习总是马马虎虎呢，你这样凑合，以后还想靠着这青花瓷养活自己吗？”

婆婆说到最后竟然不住地咳嗽起来，我看着她的样子很是心疼，终于还是说：“婆婆我会好好做的，您指点着我就可以的，我一定会把这个瓷瓶给做好的。”

我保证一般的话语终于让婆婆的脸上有了霁色，但是我的心却更加惴惴不安，让婆婆指导我做青花瓷，我挨的骂可能会更多。

我自己都不知道做错了什么，让原来对我和颜悦色的婆婆对我越来越不满，我已经努力做好自己了，可是我心底这个好的自己却永远都达不到婆婆心中的目标。

我只能不断告诉自己，婆婆只是希望我努力进步，变得越来越好，可是这样的理由越来越无法说服我自己了。

婆婆教我做青花玲珑瓷已经是一年之前了，其中的很多工序我已经忘记，所以在做的时候婆婆时不时地就骂我，说我学习做的时候一点儿都不认真，现在活该连个简单的瓷器都做不好。

她一边骂我，一边指导着我做，不得不承认从练泥开始一直到最后的烧窑，婆婆都是一丝不苟的，她手把手地教我，也不停地骂着我，指责着我，但是最终在她的帮助下我还是将冷司轶画的那个瓶子给烧了出来。

看着和冷司轶画中一模一样的青花瓷瓶，我忍不住喜极而泣，婆婆站在我的身边很不客气地说："这是我最后一次教你做青花玲珑瓷，以后再不会做了或者做错了，就不要来找我了，我是不会管的。"

婆婆说完转身就走，一边走路还一边自言自语，她说从来没见过我这样笨手笨脚的孩子。

看着她越来越佝偻的背影和那随风扬起的白发，我的心中有些酸涩，其实我现在最盼望的是有人与我分享做出青花玲珑瓷的喜悦。

CHAPTER 03

第三章 总关情

做好青花瓷的第二天，我就带着它去了冷司轶的家。

刚到冷司轶家门口，我见到了宋惜薇，校广播站的站长，我们的校园女神，冷司轶正要送她出门，我站在门边看着他们两个在我身边走过。

宋惜薇比传言中要美好多，明眸皓齿，笑起来好像明媚的阳光一样。看着明艳的她我心底酸涩异常，他们在一起才是真正的郎才女貌，在宋惜薇面前自惭形秽的我怎么可能配得上高高在上的冷司轶。

宋惜薇也看到了我，只是她和冷司轶一样，看我的时候姿态都是冰冷的，就连眼神都带着不屑。

冷司轶将宋惜薇送到了门口，宋惜薇却突然转过头和他说着什么，两人离得极近，像极了两人之间的私语。看着举止亲密的两人，我的心堵得厉害，我不敢再看下去，只能扭头，假装看向别处。

只是我没想到我转过头竟然看到了冷司轶的那只猫，纯白的毛散着莹润的光，就那样懒懒地蹲在栅栏旁挑衅地看着我，它那骄傲的样子吸引了我，让我近乎不受控制地走向它。

我放下手中的青花瓷，蹲下身看着它。它琥珀色的眸子也盯着我，那挑衅的感觉让我心底不由得一乐，脑海中全是那天冷司轶一身白衣坐在椅子上抱着它的样子。我忍不住伸出手，想摸下它顺滑的白毛，像冷司轶一样将它抱在怀中怜爱，只是我没想到，那白猫很认生，我的手还没落到它的身上，它就猛地反转了身子，好像要保护自己一般。

看它防备的小样，我忍不住笑了，我忍不住再次伸手向它示好，它也伸出了爪子，只是不是为了以示友好，它的爪子落到了我的手背上，以迅雷不及掩耳之势在我的手背上留下了三道血痕。

疼痛袭来，我本能地抽回手，却不小心碰到了再次向我袭来的猫，在我抽回手的同时，我听到了猫落到地上痛苦的呻吟。我看向它，它已经趴到了地上，那玛瑙一样的眼睛里全是愤怒和抵触。

我低头看自己受伤的手，可是还没看到就感到一道人影在我面前闪过，是冷司轶。他在听到猫叫之后就飞一样出现在了它的身边。他蹲下身子将它抱在怀里，仔细地打量了一遍之后，又掰着它的爪子检查，那小心翼翼的样子，好像那猫是他的亲人一般。

冷司轶满心满眼全是他的爱猫，丝毫没有注意到我正举着被抓伤的手站在他的不远处。我知道那只猫是他喜欢的，可是就这样被一只猫比下去，我心里还是有隐隐的委屈，即使我很清楚此时的我在冷司轶的心中或许只是一个陌生人，我知道我不该奢求冷司轶的关心，可是看到他对猫都那样的认真仔细，我心底却只剩下奢望，奢望他能看我一眼，奢望我自己在他心里有比猫更重要的地位。

所以，我装作看不到冷司轶脸上的担忧，我走到冷司轶身边，轻声说了一句："我不是故意的，我只是想摸摸它，抱抱它，我……"

我努力地解释着，希望冷司轶不要怪我，期盼着冷司轶能注意到我。

冷司轶却好像没有听到我的话，他依然在一丝不苟地检查着猫的爪子，好像刚才不是猫抓伤了我，而是我让猫的爪子受伤了。

我心底的委屈更重，可是此刻我已经不知道该说什么了，我怕再开口的时候，心底的委屈终究会以泪水的形式洒落。

在为他的爱猫仔细检查完之后，冷司轶才抬起头，看了我一眼之后，就抱着他的爱猫起身，走到我的面前，从兜里拿出几百块钱递给我，然后说了一声："你走吧。"

我没想到等了这么久，我等的是这么一个结果，受伤的我被他赶出家门，那个伤害我的罪魁祸首此刻还慵懒地躺在冷司轶的怀中。

我有些控制不住自己的泪水了，我看着冷司轶，想再开口说话，可是张开了口，却什么都说不出来。

因为我一开始就清楚的，此时的我没有办法和他的猫比，他的猫和他相依为命，而我，不过是个陌生人罢了。

虽然我很明白，但是却止不住伤心，因为我清楚此刻的我在冷司铁的心中一文不值，现在抱着猫的他肯定会觉得我被猫抓伤都是咎由自取，或者他已经因为我招惹了他的猫开始讨厌我。

冷司轶说完话之后就带着他的爱猫回了房间，管家很无辜地看着我，让我离开的话他说不出口，所以只是尴尬地站在那里看着我，我对管家笑笑，然后转身就走。

我想逃离这里，因为想到冷司轶的冷漠，我觉得心痛得几乎要窒息。

可是走到半路，我才想起我去冷司轶家的目的，我费尽心思，挨了婆婆许多骂才做好的青花玲珑瓷瓶被我遗忘在了冷司轶家的栅栏旁，我刚才只顾着伤心，忘了把它送给冷司轶了。

我重新走回了冷司轶的家，那青花瓷瓶还安静地待在栅栏边，我高兴地蹲下身，将瓶身反复擦拭，然后将它放到了冷司轶家的门口。

被冷司轶赶出来之后我已经没有了再次登门的勇气，因为我不知道如果我再走进去迎接我的会是什么，我怕收获的还是刚才的冷遇，我的心已经够疼了，我不想疼到窒息，我更想在冷司轶面前保持我最后的尊严。

去冷司轶家送青花瓷瓶的时候，我的目的非常简单，就是见冷司铁一面，将青花瓷瓶给他，从这点上来看，我完成了自己的任务，只是去时心中的雀跃已经变成了回来时的悲伤。

不管是在宋惜薇面前的自惭形秽，还是冷司轶对我的冷淡都让我清楚，我和冷司轶之间隔着千山万水，即使是喜欢，我都看不到属于我们的结果。

或许，喜欢冷司轶，这只是我一个人的不切实际的梦罢了。

因为心情郁结，我在校外逛了很久，等心情平稳了才回了宿舍，宿舍里只有乔冉在，我和她打了招呼，却不想她在扫了我几眼之后，惊叫一声，然后上前紧紧抓住了我的手。

“怎么回事？出了好多血？”乔冉担忧地看着我，我这才想起手上猫的抓伤。我低头看看，干涸了的血迹和抓痕在手背上勾勒出一片斑驳，看着那带血的伤口，我才终于意识到手的疼痛。

“没事，就是在学校里看到一只流浪猫，就逗了逗，不小心被猫抓了。”面对乔冉的担忧，我撒了谎，我不想让人知道我喜欢冷司轶，即使是好朋友都不行。连我自己都觉得喜欢冷司轶是痴心妄想，如果我说出来，那也不过是别人的笑谈罢了。

见我对手上的伤口毫不在意，乔冉再次抓着我的手看了看，然后很不高兴地指责道：“没听说你之前喜欢小动物呀，被抓伤了怎么办？你怎么这么不小心呢？”

“就看那猫挺可爱的。”我有些心虚地解释。我不喜欢小动物，如果那只猫不是冷司轶的，可能我连看都不会多看一眼，更不会心生喜欢，这也许就是人们常说的爱屋及乌，也因为是冷司轶的猫抓伤的我，所以我才会撒谎，不想让我的朋友对冷司轶和他的猫有任何的质疑。

“越是流浪猫越要注意，它们爪子上细菌太多。走，咱们出去一趟。”听了我的描述，乔冉的脸色变得更凝重，她一边说话一边拿着外套，拽着我就往外走。

“去干什么？我还有事。”我不知道乔冉为什么会这样激动，一边拽着要出门的乔冉一边轻声说道。

“要打预防针的，你就不能对自己用点儿心呀。”乔冉见我满脸的不在意，脸上已经带了怒火。

乔冉的话说完，我的心底突然就生出了阵阵的喜悦，冷司轶递给我的钱不是赔偿，是让我打预防针的，是我忽略了要打预防针这件事情。

想到当时冷司轶全部的心神都被猫占据，还能分神给我打预防针的钱，一直压在我心底的郁结瞬间烟消云散，跟在乔冉的身后我几次都控制不住自己想笑出声来。

乔冉看着突然间变得很愉快的我，说道：“我陪你打预防针，你不得犒劳我一下？”

想着我的好心情是因为乔冉，我笑着答应，豪爽地说要请她吃冰激凌，能吃多少我请多少。

我俩在医院打完预防针，就去了路边的一个冰激凌店，店里人头攒动，我却听到了熟悉的声音，循声望去，竟然是唐小秋坐在那里和人说话，和唐小秋坐在一起的是宁远汐，他们两人一人手里拿着一个冰激凌，正笑着说什么。

这一幕也落到了乔冉的眼中，她拽着我的手走到唐小秋和宁远汐面前，问了句：“你俩怎么在一起？”

我和乔冉的出现让宁远汐有些慌乱，唐小秋则在愣了片刻之后，笑着说：“你们俩能遇上我，我当然也能遇上他了，才刚遇上，两句话还没说完呢，你们就来了。”

“真巧，在这里也能遇上。”我随声附和着唐小秋的话，然后转头看向身边的乔冉。她正审视一般地看着面前的宁远汐和唐小秋，好像要在他们脸上找出什么东西一般。

“我这还想呢，上天给了我一个和咱们大帅哥一起吃冰激凌的机会，没想到老天爷一点儿都不偏心，也想到了给你们机会。一起吧。”唐小秋笑着说完，就拽着我的手坐到了身边的座位上，乔冉见我已经坐下，就坐到了宁远汐的对面。

“怎么没见纤纤？”乔冉扫了一眼这个小店，然后轻声问宁远汐。

“她家里有事，今天回家了。”宁远汐看着乔冉，脸上有点儿别扭，但还是很快就回答了乔冉的话，乔冉听了他的回答，没有说话，只是意味深长地笑笑。

冰激凌被端了上来，我大口吃着甜美的冰激凌，突然发现我们坐的这桌，气氛怪异得厉害，他们几个好像都有心事，话说得好像都别有用意。

我想打破这尴尬的气氛，举起手中的冰激凌正要说话，就听到乔冉的声音再次响起，将别扭的安静给打破。

“宁远汐，我都不知道你也喜欢冰激凌。”乔冉的话好像意有所指，说完之后她还意味深长地看了眼神色不自在的宁远汐和唐小秋。

“我一直挺喜欢吃这里的冰激凌。”宁远汐答非所问，说话的时候脸上的笑容很尴尬。

“纤纤经常陪你来吃吧？”宁远汐的话音刚落，乔冉的问题就接着抛了出来。

宁远汐看着乔冉，尴尬地笑笑，说：“是啊，是啊。”

宁远汐的答案让我都有些愣住，吴羽纤的胃不好，很少吃冷饮的，我就从来没听她说过喜欢吃冰激凌。

乔冉依然笑着看着宁远汐，唐小秋却好像已经明白了什么，笑着说：“我知道这家的冰激凌好吃还是吴羽纤告诉我的，她虽然肠胃不好，但是很馋嘴的好吧？”

我看着唐小秋，有些不解她刚才的话，看上去像是平时我们闲话家常，可是那说话的时机却选得非常好，很巧妙地帮宁远汐挡住了我们的质询。

唐小秋的话说完之后，我们四个人再一次陷入了沉默之中，之前有吴羽纤在的时候我们几个都会侃侃而谈，我从来都不知道原来我们之中缺少了吴羽纤，气氛会这么诡异。

本来我和乔冉说好要吃好多冰激凌的，可是这样别扭的感觉让我们都没了吃下去的冲动，在吃完手里的冰激凌之后，就找理由离开了，而唐小秋在我们走出店门之后也追了上来，说要和我们一起回学校。

在回校的路上，唐小秋几次没话找话，几次说的话都是围绕这一个核心，那就是她和宁远汐是碰巧遇到的。

即使我们认真地点头说我们相信他们，她都依然不甘心，还要解释，她的解释太多，我竟隐约觉得有点儿欲盖弥彰的意味，我甚至隐约觉得宁远汐和吴羽纤之间会出问题。

我的预感向来很准，就在我们回到宿舍之后，早就等在那里的吴羽纤向我们郑重宣布了自己的最新决定——她要减肥了。

“宁远汐不是说了，他喜欢的是你这个人，又不是你的模样，你这不是自找苦吃吗？”乔冉听了吴羽纤的决定，很是不解地问，只是在问吴羽纤的时候，她还有意无意地看向正在换衣服的唐小秋。

“模样是我的一部分呀，我瘦一些，更漂亮一些，宁远汐没准就会多爱我一些呀。”吴羽纤说着自己的理论，说完之后就开始对我们说她的减肥计划。

“纤纤，减肥是件很苦的事情，你尝过很多次了，你和我说实话，你和宁远汐之间，是不是出了什么问题？”见唐小秋去了厕所，乔冉将兴奋的吴羽纤拽到了跟前，很认真地问道。

“我们之间没什么问题呀。”听了乔冉的问题，吴羽纤的脸色都变了，但是她还是神情坚定地说道。

“那就好。”听吴羽纤说她和宁远汐一如往常，这让乔冉和我都松了一口气。

“反正他对我一直都很冷淡，我觉得他肯定是嫌我胖的，哪里有男生不喜欢自己女朋友长得瘦瘦高高的。”就在我们心底如释重负的时候，吴羽纤轻声嘀咕道。

乔冉瞪了一眼吴羽纤，叹了口气，说了句：“那就下定决心把身上的肉减下来，让宁远汐惊艳。”

吴羽纤很是郑重地点头，然后嬉笑着告诉我们，她对宁远汐势在必得。

乔冉的问话好像打开了吴羽纤的话匣子，她也不看我们，只是低着头在说话：“我感觉他的心不在我的身上，我知道自己胖，不漂亮，所以即使他真的有了别人，我都没办法理直气壮地把他追回来，所以我才想减肥的。”

吴羽纤说话的声音很轻，不知道她是说给我们听还是用来说服自己，她说话的时候很认真，她认真的样子让我有些动容。

“桐桐，是不是我对宁远汐不够好？”吴羽纤突然问道。

我不由得愣住，如果吴羽纤对宁远汐都不够好的话，那我不知道什么叫够好了。如我所知，宁远汐从里到外的衣服，用的手机笔记本摄像机都是吴羽纤买给他的，吴羽纤在宁远汐的面前都不会高声说话，那温柔小心的样子不知道羡煞了多少男生。

我可以确定吴羽纤是在用心爱着宁远汐的，所以爱早就足够了，她有这样的疑惑，不过是因为她的不自信罢了，如果瘦下来能让她自信，那么我期待着她能瘦下来。

为了减肥，吴羽纤一副豁出去的架势，只是这次她改变了策略，运动的时候总会拖着我们一起，说是有福同享有难同当，当然倒霉的不仅仅是我们，还有宁远汐。

于是在操场上就出现了这样的一幕，吴羽纤、乔冉、唐小秋和我在前面跑着，宁远汐在我们后面形单影只地跟着。

吴羽纤虽然和我们跑在一起，却不断地回头看，一副不放心宁远汐的样子，好像宁远汐还是个不懂事的孩子。而一直和我肩并肩跑着的唐小秋自从宁远汐来到操场情绪就明显不对了，低着头不说一句话，只是时不时会往身后瞟。

我们几个人都没说话，五个跑得热火朝天的人陷在一种诡异的安静里，不断回头张望的吴羽纤终于转身向后，拉起了宁远汐的手，不等宁远汐反应过来，她就拽着他快跑两步，跑到了我们前面。

这突然的变化让一直和我肩并肩跑着的唐小秋突然停了下来，她紧紧盯着宁远汐和吴羽纤握住的手，整个人的状态都不好了。乔冉看了她一眼，笑笑，然后对着前面的两人喊道："这样秀恩爱，你俩太过分了，欺负我们单身。"

宁远汐听了乔冉的话，回过头来看向我们，只是我看得清楚，他看的是唐小秋，而唐小秋瞪了他一眼之后，就将眼睛看向了别处。

吴羽纤感觉到了宁远汐的异常，使劲拽了一把宁远汐，一边跑一边很坦然地说道："乔冉，我减肥就是为了宁远汐呀，他在我身边我才有减肥的动力好不好。"

吴羽纤说的是事实，如果不是因为宁远汐，她才不用这样在操场上煎熬挣扎，她所做的一切全是为了能做一个配得上宁远汐的女子。

跑在后面的我们三个都没有回应，吴羽纤又不甘心地问宁远汐："亲爱的，你说你是不是应该在我身边陪着我减肥？"

软腻的声音里是化不开的柔情，宁远汐回头看了唐小秋的方向一眼，然后无奈地说了声："你说得对，我应该陪着你减肥。"

宁远汐的话音刚落，一直闷头在我身边跑着的唐小秋跑步的速度突然快了起来，只是片刻就超过了跑在前面腻歪在一起的吴羽纤和宁远汐，离我们也越来越远。

"唐小秋，咱们是锻炼身体，你抢什么？前面又没帅哥。"乔冉开始的时候还试图追上她，可是累得气喘吁吁都没能追上，她忍不住在唐小秋身后喊。

唐小秋没有应答，依然在我们的前面快速跑，好像脱缰的马，我隐隐觉得她是在发泄心底的情绪，可是之前她又一直平静，突然反常的唐小秋让我有些纳闷。

只是还没等我将心头的疑惑说给乔冉听，一直跑在我们前面的那个纤细的人影却软软地倒在了跑道上。

“唐小秋。”最先发现唐小秋晕倒的吴羽纤高声地喊道，吴羽纤的声音传入我们耳中的时候，一直在吴羽纤身边的宁远汐猛地甩开吴羽纤的手，像离了弦的箭一样飞奔向唐小秋倒下的方向。

我、吴羽纤和乔冉着急地向唐小秋晕倒的地方跑去，只是没等我们跑到那里，宁远汐已经抱着脸色苍白如纸的唐小秋跑了回来，经过我们身边的时候，我看到了宁远汐紧张得难以用语言形容的脸，那种紧张让我有种错觉，感觉唐小秋才是宁远汐心头珍惜的那人。这个念头只是在我脑海中一闪而过，却惊出了一身冷汗。

我们三人紧跟在宁远汐的身后，将唐小秋送到了校医务室。

医生检查完之后，从观察室出来，对着宁远汐说道：“是低血糖，刚才剧烈运动才导致了昏迷，我已经给她打了葡萄糖的点滴，一会儿就能醒过来，以后要注意饮食，不要再做太剧烈的运动。”

医生的话说完，我们才松了一口气，不等我们几个站起身来，宁远汐就已经走到了观察室的门口一副要进去看看的架势。

他焦急的神色正好落到了乔冉的眼中，乔冉笑着说了句：“宁远汐，你怎么比我们几个还着急呀，是你是她的闺密还是我们是？”

“都是好朋友好吧？”唐小秋虚弱的声音在观察室传出，宁远汐不顾乔冉话语中的调侃，率先走了进去，我们三个紧随其后。

从昏迷中醒过来的唐小秋脸色依然苍白，她虚弱地看了宁远汐一眼，然后看着我们满是歉意地笑笑，说道：“这次多亏你们了。”

不等我们说话乔冉就开口了，她对唐小秋说：“你还真得好好谢谢宁远汐，你都不知道刚才他抱着你来的时候表现得多帅，就抱着你来医务室的速度，绝对超过奥运冠军了。就刚才他紧张的那个样子，别人肯定会误以为你是他的女朋友。”

听了乔冉的话，唐小秋的脸色更白，她看了眼宁远汐，就闭上了眼睛，宁远汐则低头站在那里，好像没有听到刚才乔冉的调侃。

吴羽纤显然没有听出乔冉话中有话，她跑到宁远汐的身边搂住了他的胳膊，得意又满是豪气地对我们说：“他是我的男朋友，对待我的姐妹就得像对待小老婆一样。”

吴羽纤单纯的话语让我忍不住扑哧一声笑出声来，可是观察室却一片寂静，好像觉得吴羽纤这话好笑的只有我自己。

我突然意识到吴羽纤话语的不妥，赶紧捂住了嘴，却发现此时的观察室气氛尴尬得厉害，一脸单纯、豪气冲天的吴羽纤，一脸凝重审视着唐小秋和宁远汐的乔冉，脸色苍白如纸的唐小秋，还有神色不安的宁远汐。

我不知道要说点什么来打破现在的尴尬气氛，更不知道要做点什么来掩盖我刚才不妥的笑声，就在我不知所措的时候，唐小秋的手机响了起来，她的手机就在她的右手边，离我最近，而她的右手正打着吊瓶，不方便接电话。我拿起手机就按了接听，还没等我开口说话，电话那端就有很爽朗的声音传来："兄弟，我可找到你了。"

兄弟？我不解地看向唐小秋，不明白柔弱的唐小秋竟然也有被称作兄弟的时候。

"兄弟你最近咋样？有没有想我？我可是想你想得厉害，好不容易才弄到你的联系方式，然后我就迫不及待地给你打电话了。"电话那端的男生有些喋喋不休，好像在竭力地诉说自己对唐小秋的思念。

"我不是唐小秋，我是她的朋友，你……"接通电话的我本来是想说声稍等，然后将电话递给唐小秋的，可是电话那端的人不等我说话就开始着急地说话，等他终于不再说话了，我能告诉他的也就是这个事实了。

电话那端的人听了我的话之后就愣住了，不过只是片刻，他就着急地问："唐小秋人呢？她为什么不接电话？"那声音问得急切，一听就知道他真的将唐小秋当成了兄弟。

"她病了。"我赶紧解释，可是我刚说了三个字，电话那端就忍不住高声问："她人在哪里？你快点告诉我，快点。"

"在学校的医务室呢。"面对电话那端的急不可耐，我来不及问唐小秋的意见就说出了地址，我的话刚说完，那端就挂了电话。

“谁打来的？”唐小秋见我只说了几句话就挂了电话，又一脸的愣怔，不由问道。

“一个陌生的号，他没说是谁，只说是你的兄弟。”

“兄弟？”唐小秋嘴里重复了兄弟两字，眼睛里有一丝慌乱，但是瞬间就恢复了之前的镇定，她虚弱地躺在床上，解释一般地说了句，“我怎么会是他的兄弟，是姐妹还差不多，有可能找错人了。”

唐小秋的吊瓶还没打完，就有一个人像猴子一样闯进了医务室。见到躺在床上虚弱的唐小秋后，他着急的脸上全是心疼，他目不转睛地盯着唐小秋，猛地上前将唐小秋抱住，高声地喊：“兄弟，我可找着你了。”

除了唐小秋，我们几个都僵在了那里，诧异地看着这个衣着闪亮的不良少年。

他的头发染得乱七八糟，有七八种颜色，鼻子上戴着鼻钉，耳朵上有耳钉，脖子和手腕上都有文身，穿的衣服也很潮，不过不得不说这样一副打扮倒是衬出了他的英俊帅气，他的帅和冷司轶的冷漠不同，和宁远汐的温和不同，是一种张扬肆意的帅，好像阳光一样，霸道地占据你所有关于帅的认知。

唐小秋被他紧紧箍在怀中，好像是他失而复得的珍宝，和他的激动不同，唐小秋在他的怀中不停地挣扎，终于还是挣扎出了他的怀抱。

她气喘吁吁看了眼面前时尚的不良少年，又看向不远处的宁远汐，宁远汐的脸色有些僵硬，他看了眼唐小秋就低下头去，只是他的不悦却已经写在了脸上。

CHAPTER 04
第四章
黄粱梦

看了宁远汐已经变得黑沉的脸色，唐小秋终于下定了决心，恼火地看向那个满脸担忧地看自己的男子，大声质问道："你是谁？为什么要抱我？我可不是你什么兄弟，你认错人了吧？"

看着唐小秋突然变色的脸，男生有些不敢相信自己的耳朵，他紧紧盯着唐小秋，好像看一个陌生人一样，等唐小秋的话说完了，他突然一蹦三尺高，高声地对唐小秋喊："你说什么？你不认识我？唐小秋，我为了找你就差挖地三尺了，你知道我找了你多长时间吗？你知道我为了找你差点把这个城市给翻过来了吗？你倒好，考上了重点大学，遇上了小白脸，就开始跟老子装陌生人是吧？唐小秋我告诉你，你信不信我……"

见唐小秋一副揣着明白装糊涂的样子，这个男生的火气都涌了上来，他一句句质问着唐小秋，好像要将他们之间的过往都说出来，却不想他还没说到当年的事情，唐小秋就紧张地打断了他。

"许柯宸是不是？我说刚才看着有些眼熟呢，真的是你，兄弟，咱们几年没见了。"唐小秋坐直了身子，她一副亲近的样子，一声久违的许柯宸，就像雨水一样将许柯宸心底的怒火浇灭。

“你还记得咱们……”见唐小秋不再装失忆，许柯宸也激动起来，他上前抓住唐小秋的手就开始回忆往昔。只是他的回忆刚刚开始，唐小秋就打断了他的话，她说：“许柯宸，你可不能怪我刚才没认出你来，你和几年前真的不一样了，现在要比之前帅多了，当年如果知道你会长这么帅，我就先下手为强了。”唐小秋一边恭维许柯宸，一边不断地瞥向宁远汐，宁远汐依然不时地瞥向唐小秋，脸色却一点儿都不好看。

“唐小秋，老子就喜欢你这副实话实说的小样。”听唐小秋夸他帅，听她说后悔当初没有先下手，许柯宸变得特别兴奋，他得意地看着唐小秋，得意地说现在也不晚。

他的话语意图明显，我和乔冉吴羽纤都不由得笑着看向唐小秋，唐小秋转头看了宁远汐一眼，又哀求地看向我们，她终于开口说道：“我和我兄弟几年没见面了，有些话想单独聊聊。”

“我们先出去，你们聊吧。”乔冉牵着我和吴羽纤的手就往观察室外走，等走到门口的时候，吴羽纤回头看向宁远汐，宁远汐还是站在原地，一副不愿意离开的样子。

“宁远汐，别当灯泡了，快点出来。”吴羽纤忍不住提醒，宁远汐看了眼站在观察室门口的吴羽纤，又看了看对唐小秋满是关切的许柯宸，终于还是轻声叹了口气，离开了观察室，只是在观察室的门口他还转头看了眼唐小秋，那意味深长的一眼，仿佛警告一般。

从观察室出来，吴羽纤就忍不住说了句："那个男生帅气又时尚，如果他能和唐小秋成一对就好了。"

"想什么呢？人家都说是兄弟了。"我有些不理解吴羽纤的思维，只要是帅哥她就想着让自己家姐妹给收了，生怕肥水流了外人田一般。

"别胡思乱想了。"宁远汐听了吴羽纤的话，脸上的不悦更重，而吴羽纤见宁远汐神情中全是不悦，也就不再多话，只是安静地坐在那里。

乔冉盯着观察室的方向，很久都没有说话，观察室不时有声音传来，只是听不大真切，不知道唐小秋和许柯宸在谈些什么。

最后还是宁远汐等不下去，敲了一下观察室的门，对观察室中的人说了句："她还病着，不要聊太久了，身体受不了的。"

"就是，还是我家宁远汐懂事贴心。"吴羽纤好像全然没有感觉到宁远汐对唐小秋反常的关心，甚至还为宁远汐对唐小秋的用心骄傲，毕竟躺在里面的是自己的朋友，自己的男朋友帮自己关心朋友，那是自己的荣耀。

只是现在的吴羽纤怎么都不会想到，当引以为荣的贴心被撕开，画皮下的真相让她整个人都陷入了癫狂状态。

乔冉早就看出了宁远汐和唐小秋的不正常，吴羽纤的话说完之后，她的嘴角都是讥讽的笑，她靠近宁远汐，意味深长地说了句：“嗯，他确实是把你的好朋友当成自己的小老婆来疼了。”

乔冉的话让宁远汐的神色多了几分不自然，但是不长时间就恢复如常，他尴尬地笑笑，没再说话，而许柯宸因为宁远汐的提醒也心不甘情不愿地从观察室走了出来。

和唐小秋单独聊过之后，许柯宸脸上已经没有了刚才的怒火，取而代之的是得意，尤其是在看向宁远汐的时候，他的头都是骄傲地仰着的，显然并没将宁远汐放在眼中。

“我还有事，先走了，麻烦你们帮我照顾小秋。”许柯宸很客气地对我们说完，又转身看了眼躺在床上虚弱的唐小秋，说了一句，“我今天还有事，明天再来看你。”

说完话之后，许柯宸又看了宁远汐一眼，才不舍地离开。

和许柯宸聊了一会儿之后，唐小秋的精神显然不如刚才好了，但是见我们走进了观察室，她还是强撑着坐起身来，轻声说了句：“那是我以前的朋友，两人不算很熟，都不常见面的。”

唐小秋很着急地向我们解释，我和吴羽纤见唐小秋话语坦荡，连怀疑都不曾，如果是熟悉的朋友那刚才见面的时候唐小秋不会不认识。

乔冉只是安静地看着唐小秋，好像要在唐小秋的脸上寻找答案一样，唐小秋看出了乔冉的怀疑，接着说道：“你别看他现在这样，以前是个好孩子的，后来他渐渐变了，我们也就不联系了，我怎么会和坏孩子做朋友。”

唐小秋着急地解释，好像很担心我们会误会她和坏孩子做朋友。我不知道怎么说才能让唐小秋释怀，而乔冉还是盯着唐小秋，她的目光是锐利的，让唐小秋无处躲藏，只能接着再说：“他对我还不错，现在也还想和我做朋友，可是我早就不记得他了，不然刚才也不会认不出他，可是他还想和我做兄弟，我也没办法的。”

唐小秋无奈的语气让人心疼，我和吴羽纤都很是同情她，宁远汐一直皱着的眉头也渐渐地松开，只有乔冉在听了唐小秋解释的话语后呵呵一笑。

“我……”唐小秋还想再说，她希望我们都懂得她的无奈。吴羽纤显然明白了她的心思，不等她接着说下去，就羡慕地说：“他能千辛万苦地找你，说明他是看中你和他的友谊的，你应该珍惜才是。”

“就是，他只是穿戴上比较时尚，打扮有点儿怪异罢了，又不是洪水猛兽，你如果愿意继续和他做朋友，你的朋友就是我们的朋友，我们都是愿意接受的。”我见唐小秋面上依然有难色，也跟着劝道。

“就是呢，他知道你生病了那么火急火燎地就来了，他对你真的不错，我看他心地也很不错的，桐桐说得对，我们都愿意和他做朋友的。”吴羽纤没有注意到宁远汐微变的脸色，再次劝唐小秋。

听了我们的话，唐小秋显然放下心来，说了句：“你们不觉得他是坏人就好了，我会珍惜和他的友情的。”说到最后一句的时候，唐小秋意有所指地看向宁远汐，宁远汐依然冰着脸，没有说话。

“小秋，刚才也说了，你的朋友就是我们的朋友，等你身体好了，咱们约个时间，一起吃个饭吧。”吴羽纤说话的时候脸上全是期待，别说许柯宸是唐小秋的朋友，就是刚才他对唐小秋说的那几句话中透露出的豪迈都让她很是欣赏，心里盼着有机会能认识他。

“不用了，多麻烦呀。”唐小秋本能地拒绝，那躲闪的目光好像她和许柯宸之间有什么我们不知道的秘密。

“怎么不用了，我请你们吃饭可是一举多得的，你看你身体不好需要多吃点好的补补，咱们还能一起聚聚吧，还能多一个朋友，这样的好事为什么不做？”吴羽纤很是不解地看着唐小秋，原先她提议聚会，唐小秋都是会举双手赞成的，今天真的是有些奇怪。

吴羽纤将话说完，唐小秋再也没有了推拒的理由，她只能无奈地点头答应。

“既然是朋友间的聚会，咱们把程子延也喊来吧，好久没和他一起吃饭了，他上次在医院照顾我，我还没好好谢谢他呢，正好借你的饭菜表示我的感激了。”乔冉见唐小秋答应，也提议道。

“好啊，好啊，我最担心的就是人少不热闹，一起带着，你们谁还有想喊来的人，咱们一起喊来，到时候一块热闹热闹。”吴羽纤听了乔冉的话更加兴奋。

我看着他们，心里突然涌出一个念头，叫上冷司铁，那个始终都穿着白衣的冰冷男子，我想象着他和我们坐在一起吃饭的画面，可是这只能是我个人美好的想象，冷司铁有很严重的洁癖，怕是不会在外面吃饭的，更何况他那冷漠的个性怕是不愿意纡尊降贵与我们这些凡夫俗子一起吃饭的。

想着冷司铁那永远都高不可攀的冷傲，我的心竟莫名地揪紧，我不知道要用什么办法才能走进他的心里。

在聚会前的几天我一直在纠结着要不要给冷司铁打电话，我是希望他能参加的，我想让他融入我的朋友圈，可我却没有理由让他参加，难道告诉他，希望他成全我的妄想？

直到聚会那天到来我都没有勇气拨出电话，所以去赴宴的时候，我的心情也不是特别好。

但是别人却都是兴奋的，尤其是许柯宸，见到我们之后就亲密地喊着兄弟兄弟，还拍着胸脯保证，以后兄弟的事就是我的事，尽管开口。

因为有开朗的程子延和乔冉在，许柯宸也是爽朗的性子，所以一顿饭下来宾主尽欢，都吃得非常高兴。

在吃饭的时候我们还聊起了天，说起了学校的风云人物——广播站的站长宋惜薇。

“听说她马上要和冷司铁订婚了。”程子延把最新的消息告诉了我们，唐小秋也随声附和说：“我也听说了，之前我还想最后会是谁收了冷司轶那冰冷的男人，却没想到竟然是她。”

“必须是她呀，你看咱们学校，论容貌才情，有谁能比得上宋惜薇的，还记得去年的迎新晚会吗？人家宋惜薇一个舞蹈就让咱们这一级的男生齐齐将她奉为女神，她会的可不仅仅是舞蹈，据说是琴棋书画无一不通的。”乔冉赶紧将自己知道的关于宋惜薇的事情都说了出来。

“你们说的是不是那个罗宋木业的千金宋惜薇呀？”许柯宸见我们聊得火热，很是好奇地问道。

“是的。就是她。”吴羽纤认真地回答许柯宸，我的心则揪得更紧，原来宋惜薇早已经声名远播，就连混社会的许柯宸都听说过。

“确实很漂亮，我见过两次，第一次我都看呆了，不过她虽然漂亮，也不过是个花架子，我还是觉得我兄弟是最美的。”许柯宸说完话后，很狗腿地对着唐小秋笑笑。

唐小秋转过脸看向宁远汐，装作没有听到他的话。

唐小秋可以假装听不到，因为那个宋惜薇和她没有关系，而我的心却疼得厉害。

在我喜欢上冷司轶的那一刻我就清楚，他终究有一天会和别的女人结婚生子，他于我，只是一个美好的想象、一个奢望，或者说是一个不切实际的理想，可是我没想到这一天会这么快来到。

“在我心里他们是最般配的，不管是家世还是样貌，两人都是百里挑一的。”乔冉又一次感叹。她的话无意地刺痛了我的心，他们确实是般配的，是王子和公主，而我和冷司轶，更像是灰姑娘和王子，只是我没有灰姑娘的水晶鞋，更不会魔法，所以即使喜欢王子，我也只能远远地看着，连靠近他都没有机会。

吃完饭我没有和他们一起回学校，我鬼使神差一般地来到了冷司轶的家门口，那天我郑重放下的青花玲珑瓷瓶已经不见了，不知道他有没有见到，不知道他知不知道为了那青花瓷瓶我费了多大的心思，挨了婆婆多少责骂才做出，不知道它是不是真的和他之前的那个一模一样，不知道他会不会喜欢。

想到他会喜欢，会将我的心血抱在怀中，就像那天他抱着那只白猫一样，我的心底竟然变得暖暖的。

我在冷司轶家门口待了一个下午，我曾隐隐期待冷司轶能在别墅里走出来，让我远远地看他一眼我就知足了，可是就连我这小小的奢望都没能实现。

我知道我不该对冷司轶动心，如果我告诉别人我喜欢上了冷司轶，那他们会觉得我是那个想吃天鹅肉的癞蛤蟆，可是我明明知道不可能，还是不受控制地喜欢上了他，在看他抱着猫慵懒地坐到椅子上的那一刹那，我的心就已经不属于自己了。

虽然不甘心，我还是认命地回了学校，我一遍遍告诉自己要放弃自己心底的这份感情，一定要放弃，可是想想我都觉得舍不得，即使明知道不会有结果。

回到宿舍的时候我被眼前的场景吓了一跳，桌子上、床上摆的都是营养品和补品。吴羽纤正对躺在床上脸色还有些苍白的唐小秋说着话：“这些东西，你必须都吃了，你的身体太虚弱了。”

“那你也不用买这么多，我怎么吃得了？”唐小秋显然也被眼前的东西吓着了，她轻声说了一句，却换来了吴羽纤更多的话。

“我是没办法才这么办的，如果你身体棒棒的，那就不用这些东西了，你看你瘦成这个样子，再不好好补补，别说晕倒了，我怕来阵风都能把你吹跑了。”

“唐小秋，你这次晕倒是给我提了个醒，不然我都不知道我对你关心照顾不够，你想想还有什么想吃的，和我说，我去给你买。”

“这些我都喜欢，你不要买了，不要乱花钱。”唐小秋看着眼前的补品，脸上全是感动。

“唐小秋，你的衣服我给你晾上了，以后你有脏衣服就给我，我负责洗衣服，你呢负责好好养着，把身体养得棒棒的。”乔冉拎着盆子从盥洗室出来，很认真地说道。

“唐小秋，以后你的笔记我负责了，你就负责养好身体就行，你养身体这几天的笔记我已经帮你弄好了。”我从包里掏出笔记递给了唐小秋。

唐小秋接过笔记本，没有说话，但是眼中却闪着泪光，很久之后，她才趴在床上，轻声地说："谢谢。"

"唐小秋，你把我们当外人是吧？谢谢谢谢的，你不觉得这样就见外了吗？"听唐小秋满是感激的话，乔冉最先不高兴起来。

"就是，自己家人，不要总是这么客气。"吴羽纤也低声地劝着。

唐小秋没再说话，只是不停地擦着自己的眼睛，乔冉看着她说了一句："你先好好歇着，今天周六，咱们有卧谈会。"

唐小秋清楚自己的身体状况，更清楚我们的卧谈会每次都会开到很晚，她必须好好休息下，不然怕坚持不到最后她就得睡过去。

唐小秋很快就进入了睡眠，我、吴羽纤和乔冉就开始忙起来，因为唐小秋的身体，今天的卧谈会我们必须慎重对待。

等唐小秋睁开眼的时候，乔冉就下了命令，乖乖躺着不要动，一切都让我们来。

乔冉说完话就将牛奶端给了唐小秋让她先喝着，我将早就准备好的零食放到她的手边，如果她觉得饿的话随手就能拿到。

"哎哟，烫死我了。"就在我们和唐小秋正准备说话的时候，端着一盅补品的吴羽纤闯进了宿舍，将补品端到唐小秋的面前很认真地说道，"这是我拿的我爸爸的血燕窝，专门找人煮的，你尝尝。"

唐小秋愣愣地看着吴羽纤，等吴羽纤说完话，她脸上已经有了泪水，她紧紧盯着吴羽纤，很久才说了一句：“谢谢，对不起。”

“唐小秋你还真没完了呀，咱们是姐妹，这些谢谢对不起之类的话语说多了是要伤感情的。”吴羽纤并不知道此刻唐小秋说出的话是发自肺腑的，她对自己真的是既感激又愧疚。

唐小秋没再说话，乔冉笑着问了句：“唐小秋，这上好的血燕窝你不吃，是为了减肥吗？”

唐小秋有些不解地看着乔冉，然后惶惑地摇摇头，她只是控制不住心底的内疚，不知道要怎样面对吴羽纤这浓浓的爱心罢了。

“快点吃了吧，长不胖的，或者你可以向我们报一下你真实的体重。”乔冉的话音刚落，一直对自己的体重讳莫如深的唐小秋很认真说了句：“45千克。”

“唐小秋，你能说点假话吗，真话很伤人的。”吴羽纤听了唐小秋的话，直接在床上弹了起来。

身高1米72，体重45千克，身材苗条，前凸后翘，比模特都要好看的身材，这不只是唐小秋的骄傲，变成这样瘦也一直是吴羽纤的理想，只是吴羽纤，1米62的个子，体重是75千克，在这样巨大的差距面前，吴羽纤怎么能不激动。

别说吴羽纤，即使身材还算可以的我和乔冉也被唐小秋报出的体重吓了一跳，我们都比唐小秋要矮，体重却都比她要重一些。

“唐小秋你还让不让我们活了？不行，我要减肥，我一定要减成一个像你一样的瘦子。”乔冉高声地大呼，我也忍不住随声附和。

我和乔冉都不算很胖，但是和唐小秋这样彪悍的数据比起来，我们胖得好像不是一点儿。

“乔冉，你还是不要减肥了，就是减了也见不到效果的，只会让你显得很虚弱。”吴羽纤很是客观地评价我们俩刚才的激动。

“为什么？你看唐小秋，这标准的模特身材往那里一站，加上她傲人的双峰，到哪里都是炫目的风景呀。”乔冉不明白吴羽纤为什么要阻止她减肥，很是不解地问道。

“唐小秋身材好最主要的原因除了体重就是胸部，你看人家得36罩杯的，你本来就不大，如果减肥把胸也减没了，那就更惨了。”吴羽纤说话的声音里带着调侃，但是却也让我们慎重，因为减肥将胸减得越来越小的大有人在。

“其实你们都不胖的，真正胖的人是我，可是我怎么减肥都减不下来，我都快绝望了，我都不知道这样下去，宁远汐还会不会喜欢我。”打击完了我们，吴羽纤才自言自语道。

听得出吴羽纤话语中的失落，乔冉终于还是没拿出要么瘦要么死的论调，只是总结性地说了一句：“纤纤，你不懂的，其实我们和你有着一样的苦恼，除非瘦成唐小秋这样子，不然都对自己的身材不自信的。”

“纤纤，其实我也想再瘦一些的。”唐小秋轻声地安慰吴羽纤，只是说出的话却是发自肺腑，有哪个女人会觉得自己美到了极致瘦到了极致呢，尤其是在喜欢的男孩子面前，最盼望的也就是自己更美一些，更瘦一些。

“小秋，你可不能再瘦下去了，不然以后要孩子的话可就麻烦了。”听了唐小秋的话我忍不住着急地劝道。

“孩子？”唐小秋在听完我的话之后，毫无征兆地重复了孩子两个字。她突然变得沉重的语气让我们都不再说话，只是静静地等着她开口。

“我特别盼着有个自己的孩子，因为那会是我的亲人，我在这个世界上唯一的亲人。”唐小秋的话语说得特别感伤，尤其是说到最后一句的时候。

“小秋，你……”乔冉忍不住抬起头看着唐小秋，唐小秋已经泪流满面了。

“怎么了小秋？你不是还有亲人吗？”我也忍不住坐了起来，看着唐小秋不住地擦眼泪，心底的疑惑渐渐浮起。

唐小秋之前从没有和我们说过她家里的事情，我们从来不知道她是没有亲人的，她之前很少说起自己的父母，我们以为她只是和父母关系比较疏远罢了。

“我爸爸妈妈在我很小的时候就没有了，是舅舅把我养大的，可是舅舅对我一点儿都不好，我吃的是表姐剩下的，穿的是表姐穿小的，我都不记得我上次穿新衣服是什么时候了，每次我回到他们家，他们就指使我干这干那，好像我不是他的外甥女，他把我养大就是为了我给他们家当保姆的，我都不知道有亲人是什么感觉了。”唐小秋说着就哭了起来，我们劝了好久，她才止住了哭声。

“你们都认识我的表姐的。”唐小秋擦了一下眼泪，轻声说道。

“谁？我们熟悉的？”乔冉有些好奇地看向唐小秋，等着唐小秋为我们答疑解惑。

“宋惜薇。”唐小秋轻声地说出了这个我们耳熟能详的名字，而这个名字也让我们确定刚才唐小秋说的应该是事实，因为宋惜薇看起来就是耀眼的公主，而唐小秋却只是个平凡的灰姑娘，如果不是唐小秋说起，任谁都不会相信她们两人竟然生活在同一屋檐下。

“小秋，这么多年你受委屈了，你不是没有亲人的，你还有我们。”

“小秋，以后他们如果再欺负你，你就告诉我，咱们欺负回去。”

“小秋，好好养好身体，等毕业了，尽早结婚，然后要个属于自己的孩子。”

我们劝着唐小秋，希望她能开心起来，唐小秋明白我们的用心，她很快就笑了，只是神色中的哀伤和落寞都落到了我的眼中。

“你们放心，我从今天开始就好好地养好身体，才不要这么瘦了，等毕业了，我就嫁给我喜欢的男生，然后把孩子生下来，那样在这个世界上，我就不再是孤零零的一个人了。”唐小秋轻声说话，像是说给我们听，也像是在自言自语。

“你舅舅对你不好，那宋惜薇呢？我听说她是挺善良的一个女孩。”在唐小秋终于稳定了情绪后，吴羽纤才将心中的疑虑说了出来。

不等唐小秋回答，乔冉就说了一句：“老鼠的儿子会打洞，有那样的父亲，宋惜薇又能好到哪里去。”

“宋惜薇在同学中的人缘一直很好，在外人面前还表现出很疼爱我的样子，只有回到家之后，在只有她家人的时候她才会露出自己的本来面目。”唐小秋的话语已经变得非常冷静，再也不复刚才的伤心落寞，好像说的是一个陌生人一样。

“原来她那样温柔可人都是装的，我还真不知道呢。”吴羽纤不由得感慨，说完以后她又提起冷司轶，说这样一个有心计的女孩真配不上冷司轶。

其实在他们说到宋惜薇的时候，我的心中已经非常不舒服，我的脑海中总是浮现出那天在冷司轶家门口，冷司轶和她说话的样子，那样的温柔，那样的体贴，只是不清楚冷司轶是不是知道宋惜薇的庐山真面目？

对自己的表妹都这样狠毒的惺惺作态的女子是配不上冷司轶的，

可是谁又能配得上冷司轶呢？我，卑微平凡的我吗？和宋惜薇相比我现在唯一胜出的也许就是我心底的良善，可是这一点冷司轶并不清楚，就如同他不清楚他温柔以待的宋惜薇是个表里不一的女人一样。

我不由得为冷司轶担忧，在纷扰的思绪中我沉沉睡去，睡梦中我看到冷司轶很冷静地说宋惜薇是表里不一的女人让她离开，我还看到冷司轶对我笑，他说喜欢我的单纯和善良，我没想到冷司轶会注意到我，会纡尊降贵喜欢我这个平凡的女孩子，我很高兴，我高兴地放声大笑，然后我在大笑中醒来。

吴羽纤她们几个都已经睡去了，耳边只听得到她们均匀的呼吸声，我看着空洞的黑夜，心底的失落更重，刚才不过是我的一场梦境，而我与冷司轶在一起恐怕也只可能出现在梦中吧？在别人眼中，美丽高贵优雅等无数字眼都难以形容的女神宋惜薇，只要有了丁点的瑕疵，别人都会说她配不上冷司轶，更何况是一无是处的我。

可是即使我明明清楚这是黄粱一梦，我都依然想沉醉其中，因为只有在梦里冷司轶才是属于我的。如果现实求而不得，那么我愿意自欺欺人。

CHAPTER 05
第五章
微尘里

在那个梦到冷司轶的晚上之后，我有了心事。

之前我总是觉得冷司轶高不可攀，只有宋惜薇那样耀眼闪亮的女子可以匹配，在知道了宋惜薇的表里不一之后，我的想法都变了，既然宋惜薇也配不上冷司轶，那么在冷司轶找到那个配得上他的人之前，我还是想努力地去喜欢，或者说去爱，即使我爱的主角并不知道。

我手背上猫的抓痕已经结痂，颜色也开始变淡，我时常望着它们出神，我甚至期盼着这伤痕永远都不要好，因为这是冷司轶的猫赐予的，是我和冷司轶间少得可怜的回忆，是冷司轶留给我的唯一的印记，即使它很难看，我都视若珍宝。

我不是不明白我和冷司轶没有可能，因为我们之间隔着仿若银河一般的距离，他注定了高高在上，我只能仰望，我明知道我们之间没有可能，却还是甘之如饴地仰望他，想尽千方百计去靠近他。

从那次在实验室偶遇冷司轶之后，我每周五必到实验室等待，我每天都会专程路过他的教室，每天晚上我都会雷打不动地离开学校去冷司轶的家周围徘徊，每个周末我会有大部分的时间在冷司轶家附近流浪，我期待着能见冷司轶一面，因为心底的思念和爱而不得的苦楚快要将我的心都融化了。

我所求不多，就是见他一面，看他一眼就足够了，可是就连这样微薄的奢望上天都懒得施舍。

守株待兔，是我唯一能做的，也是我固执坚持的，我相信终有一天我能等到他，哪怕是天荒地老。

一天晚上，我例行在冷司轶家附近晃悠，就在我再次失望准备回学校的时候，一只猫跑到了我的脚下。

因为上次被猫抓伤，我本能地躲闪，但是在退了一步之后，我却待在了那里，因为此刻扑到我脚下的猫竟然是抓伤我的那只。

今天它显然没有了那日的嚣张，眼睛直直地盯着我，嘴里发出喵呜喵呜的细小声音，我仔细看它，今天的它很狼狈，身上那缎子一样流光的白毛此刻污浊不堪，背上的一块毛被泥水粘在一起，好像是生在它身上的癞皮。

“喵呜，喵呜。”它好像是认出了我，盯着我轻声地叫，刚才还带着几分抗拒的心，因为它细弱的声音再次软了下来。我蹲下身子，伸手摸它身上脏兮兮的毛，它没有反抗，也没有抓我，很乖顺地任由我摸。

心底的喜欢就这样慢慢升腾开来，我轻声和它说话，问它怎么会在这里，问它是不是受委屈了，它好像听懂了我的话，“喵呜喵呜”地应答，我再也控制不住心底的柔软，将它抱在怀中。

这一刻我才明白为什么冷司轶会这样喜欢它，这样的善解人意，这样的可爱，就是换成我这个不喜欢猫的人也会疼它入骨。

有了这只猫，我终于有了接近冷司轶的理由，我终于鼓足勇气敲开了冷司轶家的门，在敲门的时候我心中都在酝酿着我要和冷司轶说的话，我要笑着对他说话，我一遍遍嘱咐自己，怕心底的爱意再也遮挡不住让冷司轶心生厌烦。

我听到门内的声音，赶紧收敛住盛放的笑意，我努力让自己保持冷静，酝酿着对冷司轶说一声好久不见。

门打开了，我带着笑容对门内的人说道：“好久……”

剩下的两个字被我咽入喉中，心中的失落却升腾起来，我结结巴巴地对管家说：“我在路上看到了它。”

“谢谢你将它送回来，十分感谢。”见到我怀中的猫，管家刚才还冷静的脸突然全是感激，他甚至握住了我的手。

“这是我应该做的，您太客气了。”管家过于激动的情绪让我有些诧异。

“如果不是您送回来，今天估计别墅里的人都会挨骂的，少爷太宝贝它了。”管家和我解释道。

“那……”虽然得了管家的感谢，但是心底的失落还是升腾起来，将猫送回家我就得离开了。

我心心念念盼来的能见到的机会还是败给了机缘巧合，他不在，即使我找到了登门的理由我还是见不到他。

我失落地将猫递给管家，管家却猛地后退一步，不敢接猫。他有些尴尬地对我说：“这个猫认人的，它会抓自己不喜欢的人，在这栋别墅里，它喜欢的只有少爷和养猫的阿姨。”

管家说话的时候脸都变色了，想起我上次的遭遇，就知道管家所言非虚，我也很奇怪这猫对我突然的好感，我忍不住再次抚上它身上的毛。

“小姐，负责照顾猫的阿姨请假回家了，您能不能帮我给它洗个澡，如果少爷回来看到它这个样子会生气。”管家有些为难地请求我，我看着他近乎哀求的神色，想到只有待在这里才能见到冷司轶，就毫不犹豫地答应了。

管家将我领到猫专属的盥洗室，我无助地看着怀中脏兮兮的小猫，心里已经开始盘算要怎样给它洗澡，照顾猫我并无经验。

我放好了水，将猫拖着放到了浴盆里，撩着水冲洗它全是污垢的身体，它很听话任由我为它清洗，只是不时地挥动自己的爪子，浴盆中的水因为它的动作溅了出来，落到我的身上、头发上。

“小东西，你故意的是不是？”我看着不觉间已经湿淋淋的衣服，突然掬起一大捧水从小猫的头上浇下，小猫先是一愣，接着就是喵呜一声，湿淋淋的身体就冲进了我的怀里，我的衣服瞬间湿透。

它温软的身体依偎在我的怀中，我得意地抱着它轻声和它说话，它好像听得懂一般，不住地“喵呜喵呜”叫着。

“你要乖乖的，听话，知道吗？”我轻声和猫说着话，耳边却传来了门响的声音，接着就是管家说了一句：“少爷，您回来了？”

冷司轶？听到管家喊少爷的时候我抱住猫的肩膀就僵住了，我愣在那里不敢回头，不知道我和猫亲密拥在一起的画面已经落入了冷司轶的眼中。

等我回过头来的时候，冷司轶已经站在了盥洗室的门口，我怀中的猫也挣扎着跑到了他的脚边，轻声地叫着，好像在讨好，也像是撒娇。

我抬起头，首先映入眼帘的是他紧皱的眉头，在迎上冷司轶目光的那一瞬间，我猛地低下头，不敢看他的眼睛。

小猫依旧在他的脚边轻声叫着，说不出的可怜，我见它身上还湿淋淋的，就上前将它抱起，到操作台旁为它吹干毛发，整个过程我都不敢看向门口，耳畔也没听到冷司轶离开的声音，等我将小猫的毛都吹干了，还不等我将它抱起，它就跃下操作台，跑到冷司轶脚边，抬头可怜地冲着他轻声地叫。

即使我已经为猫洗完了澡，冷司轶都没有赶我走，这个认知让我很兴奋，但是我的兴奋落到冷司轶脚边小猫身上的时候就消失得无影无踪，因为不管它多可怜地叫着，冷司轶都是无动于衷地站在那里。

“它已经知道错了，在外面吃了很多苦的。”我不忍心再看下去，为小猫求情，冷司轶冷冷地看了我一眼，然后俯身将小白猫抱在了怀中，然后走向我。

我不知道冷司轶为什么突然走向我，他离我的距离越近我越紧张，我低着头等在那里，却没想到等来的竟然是几张人民币。

“这是你的酬劳。”冷司轶的声音里依然不带任何的感情，这冰冷的话让我伤心，让我痛心的是他扔给我的人民币，我看着那几张粉红色的钞票，心里前所未有的厌恶。

我没有接那钱，所以冷司轶就任由它们落到了地上，我俯身捡起那些钱，扔到冷司轶的面前，委屈地说：“你真可怜，只会用钱来衡量人。”

说完之后我就含着眼泪夺门而出，可是走出门之后，还是觉得心里憋闷得厉害，我猛地转身冲进屋里，我见冷司轶还站在刚才站的地方，就飞奔过去，对着他一笑，然后脚狠狠地踩到了他的鞋子上。

我看到了冷司轶吃痛又吃惊的脸，得意地转身扬长而去，走出门之后我觉得心底畅快非常，却不知道那个被我踩了一脚的男神因为我突如其来的动作吓了一跳，在我离开之后他盯着自己白色鞋子上的黑色脚印愣了很久很久。

离开冷司轶家不久我就后悔了，并且悔得肠子都青了。众所周知冷司轶是有洁癖的，我一脚踩得痛快，却也触犯了他的大忌，我甚至能想象到以后他见到我横眉冷对的样子，或许他连横眉冷对都不屑，只是那样毫无表情地看我一眼，或者他连见他的机会都不会再给我。

我越想越懊恼，我不知道该怎么办了，理智告诉我事情既然发生了就该理智面对，可是只要想到冷司轶会因此讨厌我，我就理智全无，我忍不住在路上撕扯着自己的头发，算是为我肆意妄为的自我惩罚。

就在我懊恼不已，几乎要转身去跟冷司轶道歉的时候，一直跟在我身边的车停在了我的身边。

“顾小姐，少爷让我送您回去。”管家下车走到我身边很是恭敬地说道。

“不用，我自己回去就可以的，我……”我想让管家转达我的歉意，可是却不知道要怎么说，也不知道对管家说出来是不是合适，话就梗在了喉间，却只能对着管家僵硬地笑。

“顾小姐，您就不要推辞了，这里位置比较偏不好打车。”说完之后管家就为我打开了车门。

我只能进入车中，可是车里的装饰非常豪华，和这车的牌子相得益彰，只是让我相形见绌，我局促地缩在座位的一角，低头看纯白的脚垫上已经印上了我黑色的脚印。

我偷偷将鞋子脱下来放到手里，然后才安心坐了下来。

可能是因为车里气氛比较怪异，也可能是因为管家不想让车内过于冷清，他轻声和我讲起了冷司轶的事情。

冷司轶的父母虽然在国内有很多厂子，但是在他很小的时候就去了国外，冷司轶很小的时候家里就没了长辈，只有用人照顾他的生活起居，没有人教他为人处世，所以他的世界到现在都没有人情世故，与人相处多是用钱来表达自己的想法，他把这当成他为人处世的原则。因为他认为和人相处就要用钱来衡量，所以他不愿意和人交流，他更喜欢小动物，喜欢冰冷的瓷器。

管家一口气说了很多，我安静地听着，之前心底对冷司轶的怨怼早已经烟消云散，现在心底剩下的只有心疼，一个从小就自己过日子的孩子，一个没有亲人的世界，怪不得他不愿意与人交流，怪不得他永远都是那样一副清冷的样子。

“少爷人不坏，只是他还不会处理一些人或者事情，所以请您不要计较他的行为。”管家请求道，我不住地点头，我早就不怪他了，在离开他的家之后我心里多的是自责，现在知道了他的事情我心里多的是疼惜。

我从来都不知道高高在上的冷司轶也是一个可怜的孩子。

下车之后，管家突然叫住了我，他也下了车，走到我的面前，说道：我不知道提这个请求是不是合适，家里负责照顾猫的阿姨病了，请了几天假，这几天没人照顾小猫，所以它才走丢了。我想请您帮忙照顾小猫几天，您是它少数的不排斥的人之一，除了您我真的不知道还能请谁了。”管家很为难地说道。

那只小猫太挑剔，到目前为止除了照顾它的阿姨和冷司轶，我是它少数不排斥的人之一，如果照顾不好小猫那冷司轶肯定会恼火，他是没有办法了才想到让我去照顾小猫。

“少爷是不会管是谁照顾小猫的，您只要保证他抱着的时候那只猫是干净的就可以，会有工资的，那个阿姨过不了几天就会回来的。”管家紧紧盯着我，他眼中的期待火一样几乎要将我燃烧。

虽然冷司轶的猫不排斥我，但是我却是不会养猫的，我应该据实相告，然后拒绝，可是想到照顾猫的时候就能随时看到冷司轶，还可以接触到他的生活，想到这些，我就毫不犹豫地答应了下来。

管家很高兴地对我说着谢谢，我心底也乐开了花，因为终于有机会能接近冷司轶的生活，即使是以猫保姆的身份，只要能见到冷司轶，我不在乎。

很早之前我曾经看过一段话，大体的意思就是喜欢上一个人，就会心甘情愿地为他低到尘埃里，即使如此，想到他心底都能开出花来。

现在的我，即使是做最卑微的工作，但是想到是为了冷司轶，我控制不住地欣喜若狂。

我为了照顾好冷司轶的猫不断地在查资料，甚至在睡觉的时候手都在练习为猫按摩的手势。见我一门心思想要将冷司轶的猫照顾好，明白我心思的她们都很是不解，乔冉甚至很郑重地提醒我："桐桐，你喜欢冷司轶有很多种方式接触到他的，为什么非要去伺候那只骄傲的猫？你被猫抓过的你忘了？"

"我这样就能接触到冷司轶了，就能明白他的喜怒哀乐，就可以和他朝夕相处了。"我很兴奋地对她们解释。

见我对未来的描摹这样美好，乔冉终于忍不住对我说了句："桐桐，你搞清楚，在冷司轶家和你朝夕相处的是那只猫，你只是个猫保姆，你这样的身份于冷司轶只是个用人，他怎么会允许自己喜欢一个用人。”

“可是……”后面的话我说不出来，但是我非常清楚，除了做他猫的保姆，我没有别的机会近距离地接触冷司铁。

没有人知道我对冷司铁的爱慕到了什么程度，如果见不到他，我的生活都会失去色彩，那样黯淡的日子她们没经历过，即使我向她们描述，她们都不会懂。

为了照顾好冷司铁的猫，我向学校请了假，回宿舍收拾行李的时候，她们几个都一脸不解，但是最后都选择了尊重我的选择。

“桐桐，你要努力。”吴羽纤将自己的零食塞进我的包里，很认真地祝福我。

“顾桉桐，受不了冷司铁的冷空气你就回来，咱们宿舍永远都是你温暖的家。”即使我已经打定了主意，乔冉都很不赞同。

“桐桐，你在那边照顾好自己，有什么事情给我们打电话。”唐小秋推了一把阴阳怪气说话的乔冉，嘱咐我道。

我坚定地点头，然后兴奋地奔向了冷司铁的家。我比谁都清楚猫保姆是个什么职位，但是平凡如我，只有抓住这样的机会才能进入冷司铁的生活。冷司铁的世界是我永远都不敢想象的，我只求能为他做些微的事情。想到我为他做的细枝末节的事情会蔓延进冷司铁的生活，我就兴奋非常。

冷司铁的家比我想象的还要冷清，管家和用人都是为冷司铁服务的，我是为冷司铁的猫服务的。

我按照在网上查找的资料精心地伺候着冷司铁的猫，或许是因为之前有过交集，我只用一天的工夫就和那只小猫成了朋友，它对我几乎言听计从，这样的好处是我有了更多的闲暇时间，这些时间我都用来照顾冷司铁了。

我曾以为冷司铁的世界很难进入，其实不然，正如管家所说他只是一个不会表达、不懂人情世故的大孩子罢了，他每天都会早起晨跑，回来后会仔细地看收藏的瓷器，每天都穿白衣服，每天都要抱半个小时的猫，他的生活规律得让我瞠目，更让我惊讶的是这个在我眼中无所不能、高高在上的冷司铁竟然挑食，而他挑食的毛病连家里的厨师都没有发现。

我仔细观察了冷司铁两天就发现他不吃香菜，不吃芹菜，喜欢吃虾。了解了他的习惯，我就对厨师提出了换我做饭，厨师很高兴地将厨房让给了我，我按照冷司铁喜欢的口味做了他喜欢的烹虾段，又做了几个他喜欢吃的菜，他不吃的菜我压根就没让它们在菜里出现。

冷司铁果真没有让我失望，他比平时多吃了半碗饭，吃完之后还指着烹虾段说明天还要吃这道菜。

厨师很为难地告诉他，今天的饭菜都是我做的，冷司铁若有所思地看了我一眼，然后不发一言就离开了。

我不明白冷司铁的意思，第二天也不敢再去厨房为他做菜，却不想在吃饭的时候他看了眼饭桌上的菜，就很不高兴地问："我要的烹虾段呢？"

我这才明白过来他昨天的一言不发是默许。

“还不快去做一份，你想饿死我？”冷司轶好像明白了我的得意，很不客气地说道。

等我做好将烹虾段端上来的时候，他像个孩子一样霸占着盘子，将一盘烹虾段全都吃了，我从没想到冰冷的冷司轶竟然有如此可爱的一面。

后来我就经常为冷司轶做饭，按照他喜欢的口味，每次他都不说话却会吃很多，这让我很欣慰，而冷司轶也好像渐渐适应了这样的生活。

晚上乔冉她们经常会打电话给我，乔冉最关心的就是我和冷司轶的进展，我来了这里，她们最盼望的就是我和冷司轶能有进一步的关系。

“你都说过了，我只是个猫保姆。”我很坦诚地告诉电话那端的乔冉。我不知道她们为什么会觉得我应该和冷司轶有进展，在来这里之前我就没想过要和冷司轶有进一步的发展。

我们之间隔着太远的距离，能这样远远地看着他，看着他每天都吃着自己喜欢吃的菜，做着自己喜欢做的事，我的心里都会被幸福溢满。

听我的话语中没有有进展的意思，电话那端的乔冉很是心疼，她轻声对我说：“桐桐，你现在是把你自己变成了廉价的劳动力，你姿态放得这样低，怎么能讨得他的欢心呢？你还是回来吧。”

乔冉说得语重心长，我知道这是自己姐妹说的话，她是心疼我的付出，可是我怎么舍得离开冷司轶呢？

我根本就没有讨他的欢心，因为我知道我还配不上他，所以我能为他做的就是默默地守护，远远地仰望。

这仰望自己喜欢的人，将自己低到尘埃里的日子是我此生过得最愉快的时光，因为我能感觉到冷司轶的情绪，他的喜怒和哀愁我都看在眼中，也明白用什么办法让他释放情绪。

而冷司轶因为我对他的了解，也渐渐放开了心防，任由我帮他调整状态，只是在看向我的时候，他的神色依然是淡漠的，好像这个整天围着他转的我只是一个猫保姆。

我和冷司轶都比较享受现在的生活，没有了愤怒和哀怨，日子就这样不疾不徐地向前流淌，我只觉得时间过得太快，让我迫不及待地想留住这岁月静好的时光。

只是让我沉迷的好日子，终于还是因为宋惜薇的到来画上了句号。

那天是周末，宋惜薇早上来得特别早，她进房间的时候我和冷司轶正在餐桌上说话，我刚说了一个笑话给冷司轶听，他的一脸笑意就绽放在了宋惜薇的眼中。

“司轶，她是谁？”宋惜薇挑衅一般地看了我一眼，就笑着问冷司轶。

冷司轶看了我一眼没有说话，却站起身来，向着别处走去，宋惜薇瞪了我一眼就离开。我看着冷司轶的背影，心底生出莫名的感动，他没有告诉她那个让我在宋惜薇面前觉得羞辱的身份，我本能地以为他是在保护我。

“冷司轶，今天是我生日。”尽管宋惜薇很快就追了上去，冷司轶还是没有说话，宋惜薇见他不愿意提及我的身份，就快速地转移了话题。

“生日快乐。”即使是说祝福的话，冷司轶的脸上都是冰冷的。

宋惜薇好像早就料到了会是这样，她上前一步紧紧地揽住了冷司轶的胳膊，说了一句：“我要礼物。”

宋惜薇说话的时候嘴角是带着笑意的，她觉得冷司轶肯定会为自己准备好礼物，只是她的话音刚落，冷司轶冰冷的声音就传了出来：“我没准备。”

他的话说得理直气壮，让宋惜薇的脸色都变了，她看着冷司轶，一脸的难以置信，冷司轶却对她的面色视而不见。

“因为她是吗？”宋惜薇指着不远处的我质问道。

“和她没关系，我真的忘了。”冷司轶在说话的时候示意我赶紧离开。

可是我哪里舍得离开，我只是转过身去接着坐到了之前坐的地方，只是我刚落座，就听到了宋惜薇娇嗲的声音，她说：“我今天要在这里吃饭，你要给我庆祝生日。”

“好。”冷司轶答得很干脆，答应之后还转过头来对着不远处的我说了一句："你手艺不错，今天就让小薇尝尝你的手艺。"

"好。"纵使我心底有万千的不愿，冷司轶都发话了，我只能照办，因为此刻的我没有资格去挑衅冷司轶，现在，在他的眼中，在宋惜薇的眼中，我不过是个用人罢了。

虽然早就想好了，只要能为冷司轶做些事情，哪怕生活的细枝末节，我都会很高兴，可是当我按照他的吩咐，为那个足以和他匹配的女人做菜时，我才发现我没有想象中那样的无私和伟大。

我的心底全是委屈，无法用言语表达的委屈，有几次我甚至控制不住想将菜做得难吃，可是想到到时冷司轶也是要吃的，我就不由得没了那恶毒的心思，只为了冷司轶在觉得菜比较可口的时候会想起我。

我总觉得宋惜薇今天来是针对我的，因为我在厨房里忙得热火朝天的时候，她和冷司轶就在不远处的客厅里聊天，他们相谈甚欢，宋惜薇的笑声不时传入我的耳中。

我控制不住自己向客厅里瞟，宋惜薇坐在离冷司轶很近的地方，冷司轶却毫无所觉，这点认知让我心痛不已，冷司轶有洁癖，对人有轻微的抗拒，而宋惜薇好像已经在他的抗拒范围之外了。

他真的喜欢她？我不由得问自己，却又急切地否认，我一遍遍告诉自己，聪明的冷司轶应该知道宋惜薇的为人，他不会要那样一个表里不一的女人。

可是不管我怎样的表里如一，此刻和冷司轶坐在一起聊天的是宋惜薇，此刻如同用人一样在厨房里忙活的是我，我很是哀怨，切菜的时候故意弄出很大的响声，我相信冷司轶和宋惜薇都听得到，只是他们恍若未闻。

等我做好了四菜一汤准备喊他们两人吃饭的时候，他们已经坐到了餐桌边，宋惜薇笑着看向我，说："我看你忙得差不多了，就在这里等着。"

我忍着心中的苦涩，努力让脸上堆砌出笑意，将菜一盘盘端到冷司轶和宋惜薇的面前，宋惜薇看着桌上的菜轻声地赞叹："真是色香味俱全，比我家厨师做的好多了。"

我听着宋惜薇明褒暗贬的话，不由得看向冷司轶，我希望他能在这件事情上看出宋惜薇的为人，可是冷司轶却好像没有听到一般，只是认真地盯着我做的虾仁炒鸡蛋。

我心底的苦涩无法言说，我只能回头将心底的愤怒压下，将最后一道西红柿汤端上桌来。

我靠近餐桌，弯下腰，想将汤放在餐桌正中的位置，却不想宋惜薇故意绊住了我探出的腿，我的身体瞬间就失去了平衡，整个人向地上倒去，而手里的汤不偏不倚地全落到了冷司轶的身上。

我狼狈地站起身来，看依然坐在餐桌旁比我更狼狈的冷司轶此时一脸的冷意，他冷冷地拦着我。

我脑海中仅剩的理智告诉我快逃，我心底对冷司轶的全部认知都变成了他有洁癖。

我不敢想象往一个有洁癖的人身上洒一碗汤会是什么结果，我唯一确定的是此刻，我的天塌了下来。

我顾不得看宋惜薇得意的脸了，我顾不得对冷司轶说声道歉，更顾不得为自己解释一番，我看着面前的一片狼藉，什么都没说，落荒而逃。

这件事情之后，我很久都没有去冷司轶的家，而冷司轶也好像忘了有我这样一个人一般，没有和我联系。

我不知道他的猫是不是适应了没有我的生活，也不知道没有我给他做爱吃的菜，冷司轶会不会有些微的不习惯。

CHAPTER 06

第六章 有所求

离开了冷司轶，我的生活开始变得没了滋味，一日日都在恍惚中度过，在这段迷茫的时间里，我恨过宋惜薇，恨她绊我的那一脚惊醒了我的美梦，我更恨我自己为了心底的爱情竟然会心甘情愿去做冷司轶家的用人，就因为我的一意孤行才让我现在没了退路。

我想见冷司轶，可是没有理由，在那碗汤落到他身上之后，我连再见他的勇气都没有了。

我不知道当我再次出现在他的面前，那一直冷静的他会不会高声喊让我滚，但是我可以想象那样的画面，只要我想起来，心就会隐隐作痛。

我没想到我的心甘情愿和卑微竟然会换来这样的结果，这不是我想要的。

我更没想到的是宋惜薇竟然会来找我，和我的憔悴瘦弱不同，站在我面前的宋惜薇依然美丽如春日阳光一样明媚。

“才离开冷司轶几天，就这样憔悴了，不过就是离开了一只猫而已，不用这样伤心失落吧？还是你做猫保姆别有企图？”宋惜薇笑着看我，眼睛里全是鄙夷，她显然洞悉了我卑微的小心思，不然那天她不会绊倒我，今天也不会在我面前阴阳怪气地说话。

“其实猫保姆这个职位挺适合你的，你照顾好猫就可以，至于别的，我还是劝你不要想。”宋惜薇见我脸上有了怒色，继续笑着说话，她说话的时候神情高傲，好像骄傲的孔雀一般。

“我想什么没有必要告诉你，我喜欢谁和你也没有关系。”我终于忍受不了宋惜薇的奚落了，高声地对她喊。

“这就恼羞成怒了，我不过是说了句实话而已，你也不照镜子看看自己，就你这样的，竟然还敢喜欢冷司轶，现在的癞蛤蟆对自己倒是越来越有自信了。不过顾桉桐，你就不要痴心妄想了，冷司轶怎么可能喜欢你。”宋惜薇说起话来越发不客气，直戳我心底最隐秘的心事。

我心底一直隐忍不说的心事就这样被宋惜薇以嘲讽的语气说了出来，我抬头看她，却没有勇气直视她的眼睛。

“以后你最好离冷司轶远点，免得脏了我的眼。”宋惜薇好像看出了我的心虚，说出的话语愈加锐利。我终于忍不住抬起头，看着宋惜薇，一字一句地问她：“你凭什么这样要求我？”

宋惜薇确实没有资格这样要求我，因为她只是和冷司轶比较相配，冷司轶并没有对外宣称他们是恋人，所以她这样来问罪其实师出无名，冷司轶和她毫无关系，在这点上她和我一样，她的优势不过是有雄厚的家世，有耀眼的容貌。

“凭什么？就凭唐小秋是我家的一条狗。”宋惜薇的话说得毫不客气，说完之后还挑衅一样地看着我，等着我说话。

我不知道要说什么，虽然之前我就知道宋惜薇和唐小秋是表姐妹，她对唐小秋不好，但是我却没想到在她嘴里的唐小秋竟然等同于一条狗。

在听到唐小秋名字的时候，我的脸色就僵住了，唐小秋、乔冉和吴羽纤是我最珍惜的好朋友，尤其是唐小秋，在那天她说了自己的身世之后，我对她心里更多了几分怜惜。

“你应该知道吧，唐小秋的家就是我的家，不过我是家里的千金小姐，她不过是寄人篱下的可怜虫，所以她过得怎么样全看我的心情。”宋惜薇的话语刀子一样凌迟着我的心，“寄人篱下”“狗”这样的话在宋惜薇嘴里说出来，要比唐小秋自己说出来更有杀伤力。

“你真无耻，她是你的亲人。”我以为血缘亲情永远都会重于友情，却没想到有一天宋惜薇会拿着我们的友情作为她要挟的砝码，以求自己的爱情，全然不顾她们骨子里流着相同的血液。

“我才不会在乎这样的亲人，只是不知道你是不是在乎这样的朋友。”宋惜薇原形毕露，没了善良温和伪装的宋惜薇一脸得意地看着我，她好像已经笃定了我会屈服。

我的脑海中冷司轶那高傲冷漠的神情和唐小秋含泪的眼睛反复重

叠，这是宋惜薇摆在我面前的选择题，一个是高不可攀的爱情，一个是触手可及的友情。

“你可以接着去找冷司轶，但是我会让你知道，不顺从的结果，我绝对会让唐小秋在宋家没有好日子过的。”温和的话语说出的却是歹毒的心思。我恶狠狠地看着宋惜薇，虽然心里不想让她得逞，却还是无奈地点头说：“我答应你。”

“算你识相。”顾惜薇刚才还紧绷的脸瞬间就恢复了之前的温和，只是她眼中的得意刀子一样扎进了我的心里。

我不想放弃追求冷司轶，可是我更舍不得再让可怜的唐小秋受任何一丁点的委屈。

那天晚上，冷司轶的管家给我打电话，还是请求我帮着照顾一下那只小猫，他还说冷司轶已经不生气了，让我放心回来。

“前几天我落下了不少功课，再去的话怕会不及格的。”我很遗憾地对管家说道。

管家沉默了许久才说了声：“那好吧，你好好学习。”

管家挂了电话，我的心却再也无法平静，因为在管家说冷司轶已经不生气的时候我的心底还是升腾起一阵狂喜。我终究还是放不下冷司轶，我依然在做一个不可能实现的梦，是宋惜薇的出现让我明白，即使我在梦里多么的谨小慎微，多么的努力我都改变不了梦境这个事实。

我该清醒了，该远离那个我永远都不可能得到的冷司轶了，可是只要想到离开我的心就堵得厉害，在离开冷家的这段日子里我过得一点儿都不快活。

乔冉最先看出了我心情不好，她极力地邀请我去参加外国语学院的英语交流会，之前一直是我陪她参加的，这次她要带我去更多了一个理由，散心。

可是我的心被冷司轶紧紧地揪住，哪里还能散出去，所以我拒绝了。

“桐桐，你到底怎么了？是不是出了什么事情？我们是好朋友，如果有事，你不要瞒我。”乔冉很是关切地看着我，她们和我朝夕相处，应该早就发现了我这段时间的不正常。

“我有事情肯定会和你们说的，你放心吧，我只是有点累了，想休息，所以英语交流会就不陪你参加了。”我没有告诉乔冉我的心事，因为我清楚即使我告诉她，她能给我的建议也只会是放手。

可是如果能轻易地放手，那就不是爱情了，虽然我的爱情刚刚萌芽，却已经长在了我的身体里，根植在我的心上。

乔冉最终自己去参加了外国语学院的英语交流会，我则躲在宿舍里暗自伤神。

中午的时候我被吴羽纤和唐小秋拽着去食堂吃饭，遇到了参加英语交流会回来的程子延和乔冉，他们两人正在谈论着什么，两个人都是一副很生气的样子，等我们走近的时候才听出他们说的是英语。

这已经不是我们第一次听他们用英语吵架了，见他们两人剑拔弩张的样子，吴羽纤忍不住喊了一声："你们外国语学院的英语交流会改到餐厅举行了吗？"

程子延和乔冉一起回头，看到是我们，脸上的不好意思也就渐渐淡去，程子延走到我的身边，很是关切地问道："顾桉桐，你怎么没有去参加我们学院的英语交流会呀？"

我看着程子延眼中毫不掩饰的担忧，心底的委屈猛地就火山爆发一样地喷涌而出，我看着他，眼泪再也控制不住地落了下来。

就在程子延准备靠我更近一些的时候，站在我身边的吴羽纤一手牵着乔冉，一手拉着唐小秋转身离开，乔冉还有些不甘地回头看我，吴羽纤见状拽了她一把，给她使了一个心知肚明的眼色。

乔冉只能失落地跟着吴羽纤离开，只是还不时地回头看我，一副不放心的样子。

程子延好像并没有发现我们周围的异常，我眼角的泪水让他眼里的担忧更盛，他将双手放到我的肩膀上，低下头看着我，一字一句地问："顾桉桐，告诉我，到底发生了什么事情？"

我不知道要怎么回答程子延，想了很久之后，我才问了他一个问题："如果你喜欢上一个不该喜欢的人要怎么办呢？"

在我说完话之后，程子延的眼睛眨也不眨地盯着我，很久之后他才说了一句："就为这个你才把自己折磨成现在这副鬼样子？"

我点头，因为我清楚我自己现在的状态很糟糕，就如程子延所说，我现在完全是一副"鬼样子"。

我再次看向程子延的时候，他的眼中带着痛意，见我看他，他瞪了我一眼，很是嫌弃地说了句："你这么蠢，很难找到一个更蠢的喜欢。"

程子延说的话很刻薄，却也戳中了我的心窝，我确实蠢，明知道喜欢冷司轶不会有什么结果，却还是不管不顾地扑了上去，所以才有了现在的心伤。

我的泪水再也不受控制，不知道什么原因，在程子延面前我这些天心底憋闷了许久的委屈终于找到了发泄口一般，不长时间我就哭得泣不成声。

等吴羽纤她们三人回来叫我们回去的时候，我还趴在餐桌上哭着，中午饭都没吃。

"程子延你真是个笨蛋，哄个人都能把人给哄哭了。"乔冉很恼火地看了眼已经被我哭得手足无措的程子延，很是厌弃地说道。

"你有本事你把她哄笑呀？刚才是谁看她流泪落荒而逃来着。"程子延也很厌弃地对乔冉说。

"谁说我是落荒而逃，我还不是……"乔冉想解释，可是话开了头，却没了尾音。

“你是不是走了，你为什么走？不是落荒而逃是去干什么了？”见乔冉吃瘪，程子延的气焰更加嚣张，他站起身来看着乔冉，脸上浮现出得意的笑。

“我不和笨蛋说话。”乔冉不知道怎么为自己辩解，高声地说了一句然后转身就走，程子延不甘落后，也不管我们几个就追了上去，剩下我们三人愣在当场，不明白为什么会发生这样的事情。

我们担心他们两人之间的“战争”会升级，所以赶紧追了上去，等我们走到他们身后的时候，却吃惊地发现，他们两人依然在吵，只是我们根本不懂他们吵架的内容，因为他们是用英语在吵架。

我们三人面面相觑，吴羽纤更是夸张地说了一句：“学霸的世界，我们永远不懂。”

我们绕过争吵正酣的乔冉和程子延，悄悄地回了宿舍，等了很久乔冉才回了宿舍，只是只字没提她和程子延吵架的结果。

看着依然气鼓鼓的乔冉，我突然觉得她和程子延很像，说话都很刻薄，而且英语都特别好，两人在一起肯定不缺共同语言，所以我忍不住说道：“乔冉，你应该和程子延在一起的，你俩很般配。”

我的话让乔冉愣在了那里，见我盯着她，她慌乱地将目光转向了别处。

“桐桐，其实程子延……”乔冉看着我，很郑重地开口，只是话只说了一半，她就说了句，“算了，先不说了。”

“乔冉，你……”我有些好奇地看着欲言又止的她，希望能知道她刚才话语的全部，只是乔冉显然已经没有了再次说起的兴趣。

“别般配不般配的了，不管般配不般配，不管是朋友还是男朋友，只要是你们能带来的，就请他们来参加我的聚会。”吴羽纤的声音传来，成功地转移了我们两人的注意力。

“什么聚会？”我们很好奇地问吴羽纤，因为之前她都没有跟我们提过。

“庆祝我减肥减掉了三斤。”吴羽纤的话说得很郑重，每次她减肥成功一点儿都会喊着我们一起庆祝的。

“三斤？吴羽纤你不怕你把体重庆祝回去？”乔冉终于还是忍不住调侃。

“说什么呢，难为我专门请了法国的厨师做大餐给你们吃，真是。”吴羽纤很不高兴地瞪了乔冉一眼，然后炫耀道。

“去不去由你们，如果愿意可以把你们的朋友都喊上。”吴羽纤见我们已经变了一副垂涎的样子，赶紧说道。

吴羽纤的庆祝宴会是在她的家中举办的，她的家比我们想象的都要奢华，等我们赶到的时候里面已经是衣香鬓影，觥筹交错。

看着这样热闹的宴会，想到它的存在竟然是因为吴羽纤减掉的三斤肉，我不由感慨万千，而庆祝减肥成功的吴羽纤一直都笑意盈盈地周旋在宾客之中，宁远汐和程子延他们则在别处说着话。

按照宴会的规则，宴会的主办者要领舞，众人翩翩起舞才是宴会的最高潮，就在主持人宣布主办人登场的时候，已经换了一身白色纱裙的吴羽纤缓缓走到台上，对着众人微笑示意之后，一步步走向了不远处的宁远汐。

吴羽纤有多爱宁远汐我们都很清楚，她请宁远汐和自己跳舞也在情理之中，只是我们没想到的是，等吴羽纤走到宁远汐面前的时候，并没有拉起宁远汐的手，而是举起了自己的手。

“鸽子蛋。”就在我努力想看清楚吴羽纤举起的手时，一个离吴羽纤很近的女宾高声喊道。

周围突然响起纷杂的议论声，吴羽纤却恍若未觉，只是深情地看着宁远汐，在众目睽睽之下单膝跪地，然后仰起头，认真又深情地问道：“宁远汐，等我减肥到110斤的时候，你愿不愿意娶我？”

吴羽纤的话音刚落，现场就响起了一阵惊呼声，女生向男生求婚这是他们不曾见过的，而吴羽纤话语中的110斤则更好地表现出了她的决心。

我却开始心疼单膝跪在地上的吴羽纤，她爱宁远汐已经爱得没有了自我，她甚至已经不敢等下去，等到大学毕业，所以她才精心准备给了宁远汐这样的一个求婚仪式。她迫不及待地向宁远汐表达自己的爱意，而那个此刻应该激动异常的人反应却很冷淡。

或者说是有些慌乱。

宁远汐看着跪在地上的吴羽纤，想说话却没有开口，他看着跪在地上神色坚定的吴羽纤，又不断地看向别处，当他看到唐小秋的脸时，脸上的神色更加慌乱。

但是他很快收回心神，因为吴羽纤连等待的时间都不想要了，她不等宁远汐伸出手，就拽过了他的手，将那枚被称作鸽子蛋的戒指戴到了宁远汐右手的中指上。

宁远汐脸上刚才还带着的淡淡笑意瞬时僵在了脸上，他淡淡地笑着，任由吴羽纤牵着他的手站起身来，在众人的注视下，吴羽纤笑着对宁远汐说："这戒指还有个名字，叫一辈子，现在你戴在手上了，我就要套牢你一辈子。"

吴羽纤的话，带着少女的娇羞，含着对爱情的执着，话音刚落周围就有掌声响起，参加宴会的人在为这个大胆主动的女孩喝彩。

吴羽纤牵起了宁远汐的手，将她带到了正中的舞池上，挽着她的手翩翩起舞，众人也都找了舞伴加入了舞池之中，我看着和宁远汐拥在一起的吴羽纤，此刻的她脸上带着满足的笑，虽然身材臃肿，此刻却兴奋得如同蝴蝶一般。

和吴羽纤的兴奋不同，宁远汐一直是笑着的，一直是那淡淡的笑，只是那笑怪怪的，总让人觉得不是发自真心。即使在和吴羽纤跳舞，他的眼睛都是闪烁的，好像在找什么人或者什么东西。

因为吴羽纤求婚成功，所以这次宴会喜悦的气氛很重，可以说宾主尽欢。

见吴羽纤和宁远汐能有情人终成眷属，我很高兴，可是想到那个永远都高高在上的人，我的心蓦地就沉了下去。吴羽纤已经找到了自己爱情的彼岸，而我却依然在遥望着那个骄傲的男生，我甚至连他的世界都不曾触碰到。

我不愿意将自己的感伤显露在这喜悦的气氛中，所以我端着红酒杯去了吴羽纤家的后院，我找了个偏僻的角落吹风，希望能吹散我心底的郁结，可是我没想到即使这僻静的地方都有人在，而且还是我熟悉的人。

是唐小秋和宁远汐在争吵，看样子他们已经吵了很长时间，唐小秋的声音明显是哽咽的。

“你知不知这戒指代表着什么？代表着你以后要娶她，你已经想好了要和她结婚是不是？宁远汐。”唐小秋拽着宁远汐的手，看样子恨不得将他手上的戒指给摘下来。

宁远汐有些无奈地看着唐小秋，在唐小秋碰到他手上戒指的时候，他推了唐小秋一下，然后无奈地说道：“摘下来吴羽纤会怀疑的，你知道的，她这段时间已经在怀疑我了，不然也不会……”

唐小秋一面擦着眼泪，一面高声质问：“宁远汐，你怕她生疑，你就不怕我难受吗？在你的心里我到底算什么？”

宁远汐只是无奈地看着唐小秋，唐小秋见他不说话，更是不依不饶地问，她想知道在宁远汐的心里，他到底算什么。

“是你不让我公开咱们的关系，你一边顾及着和她的友情，一边又这样吃醋，你让我很为难，你知道吗？”宁远汐的语气透着厌倦与不耐烦。

唐小秋没想到宁远汐会这样说话，她看着宁远汐，突然就笑了，只是笑容里浸着哭腔，她一步步走近宁远汐，紧紧盯着宁远汐的眼睛，笑着问道：“宁远汐，你总是说我吃醋，说我无理取闹，那你呢？你敢说你自己没有私心？你为什么和吴羽纤在一起你以为我不清楚，如果是真爱，那会有我吗？你在意的是你的前途，是你现在这一身的名牌，你明明就是爱你的前途多过爱我，还要将责任推到我的身上，宁远汐，你不觉得你这样太过分了吗？”

唐小秋说完话已经是泣不成声，而宁远汐看着已经哭得蹲到地上的唐小秋，叹了口气道：“小秋，一个男人，顾念自己的前途是因为他上进，没有前途的男人什么都不是，这个你应该清楚的，如果你能给我我想要的前途，那我马上就和她分手。”

唐小秋猛地抬起头看着宁远汐，嫌弃地说了句：“你如果真的有能力，还用靠一个女人搏前途吗？你多努力些不就……”

“我没有能力，你又为什么要爱上我，还因为我收了别人的戒指在这里吃醋？在很多方面你确实是不如吴羽纤的，你要清楚，不要总是无理取闹。”宁远汐愈发口不择言，而他面前的唐小秋已经泣不成声。

“宁远汐，你怎么这样，如果不是爱你，我哪里需要吃醋，我……”

“既然爱我，就让我得到好的前程，等我有了好的工作和未来，我才能给你好的生活，唐小秋，我现在所有的努力都是为了你。”宁远汐的话说得很深情，虽然他的心是卑劣的，但是我也不得不承认他对唐小秋是有感情的。

“你是为了你自己，你就是一个自私的人，你考虑的永远都只是你自己。”唐小秋一边哭着一边大喊。

“我自私，你呢？你明明知道我是你好姐妹的男朋友你还追我，还要和我交往，你不自私吗？咱们彼此彼此。”宁远汐的话语中带着淡淡的嘲讽，不知道是在嘲讽世俗功利的自己，还是嘲讽面前这个自私的女人。

唐小秋没再说话，只是蹲在那里哭，宁远汐也不再说话，站了一会儿之后，就俯身安慰唐小秋，他让唐小秋学会忍耐，等他事业成功了一定会给唐小秋一个盛大的婚礼，会亲手给唐小秋戴上闪亮的钻戒，他会让所有人都知道唐小秋才是他爱的人，他要用最高的礼遇来感激唐小秋现在的付出。

在宁远汐的安慰下，唐小秋的情绪渐渐平复，我的心却再也安静不下来。

我怎么都没想到，唐小秋竟然一直在与宁远汐交往，之前我都撞见过许多次，只是我太相信唐小秋这个朋友，太相信宁远汐对吴羽纤的爱，却没想到，就是这两个吴羽纤最在乎的人，在她转身之后就背叛了她，在这里说着自私的地久天长的情话。

我不想再看他们郎情妾意下去，因为我怕控制不住会上前指责他们，只是我努力躲着的却是我永远都躲不掉的，就在我转身的时候，手中的红酒杯不小心碰到了墙角，碎了。

酒杯破碎的清脆响声被清风传出，沉溺在自己世界里的宁远汐和唐小秋都向我的方向看来，我想躲避已经来不及了，只能站在那里，等他们慌乱地走向我。

我努力控制着自己心底的愤怒，我甚至想好了要怎样指责他们的背叛，可是当他们慌张地走到我的面前，我看着他们两人担忧的脸时，心底竟然生出了阵阵的不忍。

“桐桐，求你不要告诉吴羽纤，求你了，我也不想的，可是……”唐小秋的话语中全是为难，她哀求地看着我，眼中盈盈的泪光让人看着都心疼。

“顾桉桐，你看今天吴羽纤多开心，你舍得让她难过吗？她爱我，我也会好好照顾她，我们只是各取所需，而且你是知道小秋的事的，她需要人的照顾和保护，我想保护她。”宁远汐虽然神色慌乱但是话语却很有条理，而且很成功地捏到了我的软肋。

我最在乎的也就这几个朋友，我希望吴羽纤开心，盼着唐小秋幸福，如果隐瞒下今天的事情能实现一切的话，那么我愿意，可是……

“桐桐，我知道我错了，我向你保证，我会和宁远汐断了，如果爱情和友情都摆在我的面前让我选择的话，我会毫不犹豫地选择友情，在我的心里，吴羽纤要比宁远汐重要，所以桐桐，求你，不要让吴羽纤知道今天的事情，我保证类似的事情再也不会发生，我不会做对不起我们友情的事情。”唐小秋几乎是保证一般的话语再一次成功地摧毁了我的理智，我甚至不知道要怎样做了。

“顾桉桐，我们真的会分了，以后我全心全意对吴羽纤，刚才我和小秋说的话都是气话，我是喜欢吴羽纤的，她都把戒指戴到我的手上了，肯定会套牢我一辈子的。”宁远汐依然有条不紊地为我分析，眼中的慌乱和哀求始终没散。

“桐桐，如果吴羽纤知道了今天的事情，那我就没脸活下去了，都怪我，怪我……”唐小秋哭得梨花带雨，只是听着她的啜泣声我就不由得心软。

“桐桐，你不会那么狠心的是不是？我不想和纤纤变成仇人，我们继续做朋友好不好？”唐小秋试探着问我，见我点头之后，她几乎是狂喜地松了口气。

见我终于点头，宁远汐的紧张瞬间消失，他笑着看向我，轻声说：“谢谢。”

“桐桐，我就知道你……”唐小秋还想说话，可是我已经不想听了，在目睹了他们两人的“战争”之后，我只想逃离。

“桐桐，你……”唐小秋见我转身，很紧张地喊着我的名字。我转过身，很认真地对她说：“小秋，既然我答应了，就会帮你隐瞒，我说到做到，我也希望你说到做到，你也知道纤纤爱宁远汐爱得辛苦，既然你珍惜她和你的友情，那就不要让她失望吧。”

唐小秋没再说话，只是含着泪点头，我转身就走，其实心底却明镜一般，唐小秋和宁远汐不会分开，通过他们吵架就可以看出来，他们爱自己胜过爱别人，他们不会委屈自己。

而我之所以答应他们，不过是因为我不想让吴羽纤伤心，即使伤心是早晚的事，我都希望纤纤能多快乐一天是一天。

因为我不敢想，如果吴羽纤知道自己的朋友和爱人一起背叛了自己，世界会粉碎成什么样子，所以我宁愿维持这表面的和平，看一出貌似和谐的大戏。

CHAPTER 07

第七章
诉衷肠

我以为在知道了唐小秋和宁远汐的事情之后，我依然可以坦然地面对周围的一切，可是我却不能够了，尤其是在看到吴羽纤的时候，想到我为唐小秋和宁远汐遮掩，我就觉得很愧疚，而面对唐小秋的时候我总感觉她欲言又止，神神秘秘。

我的心里很矛盾，因为吴羽纤和唐小秋都是我在乎的，我不舍得吴羽纤伤心，也不愿意唐小秋难过，可是看唐小秋的样子我就知道她没有遵守当初的诺言，她依然在和宁远汐偷偷摸摸地谈着恋爱。

只是我已经受不了这个秘密带给我的煎熬了，如果再继续下去，我觉得我会崩溃的，我有可能会再也控制不住自己，将知道的一切都告诉吴羽纤，为了避免这一幕的发生，我找了唐小秋，我希望能和她好好谈谈。

在学校的思源湖边，我等了很久才等到姗姗来迟的唐小秋，我对她苦笑一下，然后就坐了下来。

“桐桐，对不起，我做不到，我舍不得放开宁远汐，我是真的喜欢他。”唐小秋好像知道我找她的目的，见到我就迫不及待地说道。

我看着唐小秋，原先想劝慰的话都梗在了心里，不知道要怎样说出来，我只是挪动了身体，将椅子腾出了一个位置让她坐下。

我以为我有好多话要对唐小秋说的，可是现在唐小秋就在我的面前，我却一句话都说不出来，说什么呢？告诉她我现在的苦恼还是要求他们不要再继续下去了？

唐小秋看着我，终于缓缓开口："桐桐，你知道什么是真的爱情吗？在遇到宁远汐之前，我也是不知道，我和他认识就是在大学开学那天，当时我带了很多行李，我拖不动，当时是宁远汐帮了我，他像个天神一样突然出现在我的面前，我到现在都记得他看到我的时候脸上那温润的笑，只看了一眼，我就确定我喜欢上了这个善良的男生，当时我还不认识吴羽纤，后来我再见他的时候，吴羽纤已经成了我的好朋友，吴羽纤高兴地对我介绍说他是她的男朋友。当时他又笑了，我的心也软了，我以为他已经不记得我，但是在说话的时候他竟然笑着说出了开学那天遇到我的事情，显然他还记得我，他说想起我自己拖着两个重重的箱子的样子，就觉得我很坚强，他喜欢坚强独立的女生，而不是吴羽纤那样的娇娇女。知道他是吴羽纤的男友，我排斥过他，抗拒过他，可是爱情这东西，不是你想阻挡它就不发生的，我的排斥更成了宁远汐靠近我的理由，而宁远汐的帅气、温柔也渐渐地打动了我，我控制不住自己的心动，更控制不住自己的感情，我只能沦陷到宁远汐给我的爱情里。上天就是这样奇怪，如果他想让你们在一起总是会千方百计地把你们放到一起，就像我和宁远汐，如果没有吴羽纤，我们可能这辈子都不会再遇见，可能什么都不会发生，可是我偏偏是纤纤的好朋友，他偏偏是纤纤的男朋友。其实和宁远汐在一起的每一天，我想的最多的就是我们要分开，我不能对不起吴羽纤，可是只要想到我要离开宁远汐，我就难过得要死，我觉得我是走火入魔了，才这样无法自拔。”

我看着唐小秋，心再一次软了下来，爱情的煎熬我也同样遇到过，我明白那痛彻心扉的苦楚，我攥住了唐小秋的手，想安慰她，却不知道说什么好。

“桐桐，你可能都想不到，宁远汐和吴羽纤恋爱三年，他们连接吻都没有过，宁远汐说只要想想和吴羽纤接吻他心里就抵触得厉害，所以他不喜欢吴羽纤，更别说爱了。”唐小秋说到这里的时候神色竟然有些愤愤。

我只是淡淡笑着看向唐小秋，看得她有些不好意思了，她才低头，轻声和我说：“我和宁远汐就不一样，因为是相互喜欢，所以，我们连最后一步都做了。”

我再一次愣住，我没想到他们两个对吴羽纤的背叛这样彻底，更没想到宁远汐对吴羽纤是这样抵触，我不禁为那个执着于对宁远汐爱情的吴羽纤悲哀。

“桐桐，他们之间不会有未来的，宁远汐跟我保证过，他说此生绝对不会碰我之外的女人。”唐小秋见我脸色已经变了，就接着说话，她的话成功地冻结了我的心，原来这才是一切的根源所在。

在唐小秋的心里，宁远汐是属于她的，所以她才会背叛吴羽纤的友情，所以她才会这样理直气壮地坚持下去，所以她才会这样坦然地出现在我的面前。

“你今天来这里是想让我祝福你们吗？即使你说得再好，知情人对你们的感情怕也只剩诅咒，毕竟吴羽纤在前，宁远汐在高中的时候就已经是她的男朋友了，是你横刀夺爱。”

唐小秋的脸色也变了，她不停地说：“我知道我知道，我们的感情或许真的受到了诅咒，我们现在在一起争执要比甜蜜多很多，我都不知道要怎么办了。可是即使痛苦着我都不想放手，宁远汐也是，所以才会走到今天这步田地。”

说到自己和宁远汐的感情，唐小秋的神色再次变得哀伤起来。

“我们两个人其实很像，都很自私，很固执，喜欢纠结，做什么事情都顾虑重重。我们在一起之后，宁远汐还在考虑自己的前途，甚至想着可能会放弃了和我的感情去追美好的前途，而我则纠结和吴羽纤的友情，在友情和爱情这个终极的选择题里，我不知道要选哪一个答案，其实本质上来说，我们两个人都太自私，都太贪心，太想一举两得，所以才会纠结，才会舍不得，也才导致了今天这样的局面。”唐小秋说完之后再看向我的时候脸上都是苦笑，我没想到她说得这样的坦诚，一点儿都没有为自己辩解的意思。

“那你们准备怎么办呢？继续下去还是分了？”我只觉得他们之间的关系乱得厉害，理不出头绪。

“我也不知道，我们现在还不想分开，也不想伤害吴羽纤。”

唐小秋的回答让我很无语，但是我清楚这不是问题解决的方向。

“总是这样也不是办法。”我不由得感叹。

而唐小秋在听了我的话之后，很无奈地说了句：“那就走一步看一步吧，走到哪里是终点就在哪里结束。”

“可是……”我心底依然纠结万分，我想劝他们尽快地找到一个终点，可是想到两个终点中的任何一个都不是我盼望的，所以建议的话也就留在了心底。

唐小秋在和我聊完之后就走了，宁远汐就站在不远处等着她，他肯定是很在乎唐小秋吧，不然不会等在那里，可是他也在乎自己的前途，不然不会在三年前就和吴羽纤恋爱，和一个自己排斥的人谈恋爱，我真的有些佩服宁远汐的无耻。

可是我的讨厌改变不了任何事情，我能做的也就是继续等待，继续煎熬，走一步看一步，等一个我不希望发生的结局。

走一步看一步，从来都是懦弱者的选择，我不赞同唐小秋和宁远汐做这样的选择，但是却不得不承认这是目前为止最好的应对方式，因为他们都有太多的顾忌，而这顾忌正好又可以维持着一个看似和谐的平衡。

但是这个平衡很快会打破，因为唐小秋遗落在宿舍的手机。

唐小秋在宿舍给手机充电忘了带到教室，最晚去教室的吴羽纤见到了她床上的手机，想好心帮她带过去。可是她刚拿起手机手机就响了，吴羽纤下意识去看，看到之后去再也无法保持平静。

是一条让吴羽纤恼火的短信，内容也很简单：亲爱的，晚上我带你去吃必胜客，晚上不回来了好吗？

短信暧昧不会让吴羽纤发狂，让她崩溃的是发短信的人是“中国移动”，吴羽纤知道“中国移动”不会有请人吃饭的业务，而往往被存为“中国移动”的人都是背后有故事的人，吴羽纤忍不住心底的好奇，她打开了手机的通信录，可是只是扫了两眼，就有了要将这手机扔掉的冲动。

吴羽纤悲哀地发现那个发暧昧短信给唐小秋的“中国移动”是自己熟悉的，因为那个号码，她从大二起每天都要拨打，那个号码她早已经烂熟于心，只是她怎么都不会想到那个号码会给别人发出这样肉麻的短信。

吴羽纤忍住心底的愤怒继续翻阅短信，才发现这样的暧昧短信不仅这一条，就在不久前他们还说过更肉麻的话，想到对自己情意绵绵的宁远汐也将他温暖的情话说给唐小秋听，吴羽纤就再也控制不住自己喧天的怒火。

她的世界在见到短信的那一瞬间完全颠覆，她不知道要怎样应对了，一边是自己的好朋友，一边是自己最爱的人，他们两人竟然……如此暧昧亲密的短信，她和宁远汐都不曾有过……

背叛，让吴羽纤前所未有地慌乱，前所未有地愤怒……

她有些不知所措，在宿舍里愣了很久，才抓起手机冲向教室。见唐小秋安静地坐在那里，宁远汐就坐在她的不远处，两人虽然隔着一点儿距离，感觉却说不出的亲近。

这个认知，让吴羽纤有些发狂，她再也控制不住自己的理智，她走到唐小秋面前，将手机甩给她，高声地说："唐小秋，你给我个解释，这到底怎么回事？你竟然勾引我的男朋友。你们竟然发这样暧昧的短信。"

吴羽纤说话的声音很大，吸引了教室里很多人，大家都看向他们，轻声议论，而坐在不远处的宁远汐也只是看了吴羽纤和唐小秋的方向一眼，神色中有慌乱，却还是坐在那里强装镇定。

"唐小秋，你明明知道我多么喜欢宁远汐，我知道我配不上他，所以我一直在努力，可是我没想到，你竟然会和他……"吴羽纤气势汹汹地质问唐小秋，可是话没说完，眼泪就流了下来，刚才还高涨的气焰也好像被眼泪给浇灭。

"唐小秋，我把你当成自己最好的姐妹，你怎么能这样做，你不知道宁远汐对我多重要吗？你不知道他已经收下我订婚的戒指了吗？

你怎么能这样……”

“唐小秋，宁远汐是我的，你不能……”

吴羽纤越说越伤心，说到最后已经是泣不成声，而围观的同学们也开始低声议论，而被议论的中心人物唐小秋只是低着头坐在那里，宁远汐则仿佛事不关己一样安静地看书。

见唐小秋不说话，吴羽纤心底竟然生出阵阵惶恐，她没想到竟然会是这样的结果，她以为唐小秋会哀求她，会向她道歉，可是现在唐小秋的沉默让她生出马上要失去宁远汐的感觉，她的怒火在想到宁远汐要离开的那一瞬间消弭于无形，只剩下满心的恐惧。

“唐小秋，你把宁远汐还给我好不好？我真的很爱他。”吴羽纤突然上前抓住了唐小秋，眼中全是哀求，吴羽纤的突然转变让周围人都吓了一跳。

我没想到爱情有这样大的魔力，明明知道宁远汐已经背叛，吴羽纤却心甘情愿地选择视而不见，自欺欺人，只求他能回来，而且吴羽纤求的是他们之间感情的第三者放手。

看着吴羽纤委曲求全的样子，我很心疼，我上前抓住吴羽纤的手，才发现她的手像冰一样的凉。

“小秋。”我终于忍不住喊了声唐小秋，她那走一步看一步的妥协是到了揭晓答案的时候了。

唐小秋看了我一眼，又看向吴羽纤，眼中全是不忍，她缓缓走到吴羽纤的身边，握住了吴羽纤的手，我紧紧盯着唐小秋，等着她开口，等着吴羽纤彻底崩溃，我心里甚至已经在酝酿安慰吴羽纤的话，我知道被自己的好友和男友同时背叛是件多么是让人崩溃的事情。

“纤纤，你误会了，我怎么可能做出这样的事情，你连我都不相信吗？这是误会。”唐小秋无奈地说道，她的话让我愣住了，当我转脸看向坐在不远处的宁远汐的时候，他的脸上也全是吃惊。

我没想到唐小秋到这个时候都不承认，我看着唐小秋，等着她自圆其说，毕竟手机上的短信是板上钉钉的事情。

“唐小秋，你到现在都不敢承认吗？你们的短信都在这里，你觉得我是傻子，可以随意糊弄吗？”吴羽纤哭着冲唐小秋高喊，显然一句误会没有办法让吴羽纤相信他们的清白。

“真的是误会呀，纤纤，那短信是许柯宸发的，宁远汐刚刚还和许柯宸在一起呢，许柯宸的手机没电了才会用宁远汐的发短信。宁远汐那么爱你，怎么可能会与我有什么。”唐小秋的神情笃定，一副相信宁远汐不会背叛吴羽纤的样子。

“都到了这个时候，你还骗我是吗？”吴羽纤看了一眼坐在那里一脸惊讶的宁远汐，再看向唐小秋认真的脸，终于还是说了一句。

“我们打电话给许柯宸，你问一下就是了。”唐小秋说完话就拨出了许柯宸的电话。

“许柯宸，你刚刚是不是用宁远汐的电话给我发短信了，还说那样暧昧的话？”电话一接通，不等许柯宸说话，唐小秋就急声问道。

电话那端的许柯宸明显一愣，只是还不等他开口，唐小秋就撒娇一般地说：“你快点跟纤纤解释一下，她误会我了，以为是他们家宁远汐给我发的短信。”

许柯宸仿佛明白了唐小秋的意思，在电话那端说了句：“宁远汐的手机我又不是用一次两次了，我这手机总是没电，得换了，你告诉纤纤，就是他们家宁远汐想要你，还得问我答应不答应呢，你可是我女朋友。”

许柯宸的话刚说完，唐小秋就挂了电话，吴羽纤愣在那里，她显然没想到会是这样的结果，当然此刻激动的她并没有注意到唐小秋通话时的急切和心绪。

“知道我没骗你了？”唐小秋放下手机，很无奈地看着已经呆了的吴羽红。

吴羽纤脸上的笑容猛地就绽放开来，她笑着看向唐小秋，心底的愉悦就挂在脸上，只是过了片刻，她突然转过头看着唐小秋缓缓问道：“那你和许柯宸……”

“我们恋爱了，本来我想等我们关系稳定的时候再告诉你们，却没想到被你发现了，还阴差阳错地发生了误会。”唐小秋回答的时候低着头，一副娇羞的样子。

“你真傻，有这样的好事情，应该第一时间告诉我们的，小秋，恭喜你。”吴羽纤终于破涕为笑，我看得出来她的笑是由衷的，她和我一样，希望唐小秋能幸福。

“吴羽纤，你觉得总是这样胡闹很有意思是吗？让班里人都当笑话一样看着我们你就得意了是不是？”一直沉默不语的宁远汐终于从座位上走了过来，只是脸上已经不是刚才那副心慌的样子，他像是受了很大委屈一样质问吴羽纤，我抬头看他那满是怒火的眼，忍不住轻声一笑，得了便宜还卖乖也不过就是这个样子吧？我真的不明白为什么我的好朋友吴羽纤和唐小秋会喜欢上这样一个男生。

可能是听到了我的笑声，宁远汐向我的方向看了一眼，神色有些异常，等他再转头看向吴羽纤的时候刚才的怒火已经消散了不少，只是脸色依然不好，反倒是刚才兴师问罪的吴羽纤像个做错了事的孩子一样，满是歉意地看着宁远汐。

“我也是着急，我以为你不要我了，紧张，害怕，所以才……”吴羽纤慌乱地解释着，而宁远汐显然已经没有了听下去的兴趣，径自回到了座位上看书，仿若没感受到吴羽纤的歉意。

我心底为吴羽纤鸣不平，可是我也清楚，此刻的我什么都不能说，什么都不能做，这在我决定要帮宁远汐和唐小秋隐瞒的时候已经注定了。

吴羽纤不知道她再一次被糊弄了，她只是愧疚于自己不相信宁远汐，只是努力地用行动来证明自己对宁远汐的爱，所以在这件事情之后的很多天里她都在小心翼翼地讨好着宁远汐。

为了让宁远汐高兴，不再和她置气，她又为宁远汐买了更好的摄像机，因为宁远汐告诉她这段时间他沉迷于摄影，除此之外，吴羽纤又买了很多衣服之类的礼物送给他。宁远汐和之前一样来者不拒，全都笑纳，也许是这些礼物的功劳，也许是吴羽纤真的取悦了宁远汐，宁远汐阴沉了许久的脸终于渐渐有了笑意，我在为吴羽纤长舒一口气的同时也渐渐明白，在经历了这件事之后，很多事情已经和之前不同。

只是吴羽纤更加喜欢缠着宁远汐，好像生怕一个不留神宁远汐就跑了一样，而宁远汐对吴羽纤也只是面上的亲和，我都能感觉得出他对吴羽纤的抗拒，在我们面前，吴羽纤想拉着他的手他都躲躲闪闪，而每当这个时候吴羽纤脸上都带着浓浓的失落，却还是会锲而不舍地追上去。

我几乎可以预感到他们之间不会长久了，因为他们之间所谓的爱情，已经变成了两人的困扰，一个战战兢兢，另一个心有别意，只是我不知道什么事情会成为他们感情终结的催化剂。

只是出乎我预料的是，和宁远汐进行着地下爱情的唐小秋，竟然把许柯宸带到了我们的面前，很郑重地向我们介绍，说许柯宸是她的男朋友。我以为那天她只是拿出许柯宸做挡箭牌，却没想这临时的挡箭牌竟然被唐小秋变成了长期的。

看着许柯宸看向唐小秋那深情的眼神，我有些搞不清真假了，不知道唐小秋是真的移情别恋还是只是为了消除吴羽纤的疑虑。

我找机会问了唐小秋，唐小秋很无奈地说了一句："那天他帮我打掩护，总要收点利息不是？"

"到底怎么回事？他威胁你了？"我不解地看着一脸苦色的唐小秋，希望能找到我想要的答案。

"嗯。"唐小秋点了点头，又将头垂了下去。

"他知道你和宁远汐的事情了？"我不明白许柯宸这样做是什么意思。

"那天的事情了结之后，许柯宸就来找我了，说想知道真相，我就把我和宁远汐的事情告诉他了，他很生气，骂骂咧咧地说要揍宁远汐一顿，我拦不住他，最后就哭了，他很心疼，不停地说我傻。"唐小秋轻声说着，话语中的哀伤让我听着心疼不已。

"我喜欢宁远汐呀，怎么舍得让许柯宸动他，所以我就威胁许柯宸，我说如果他动宁远汐一根毫毛，我们就连朋友都没得做了，许柯宸很在乎我们之间的感情，所以就答应了，只是我看得出来他恨死了宁远汐。"

"不过许柯宸真的可以算是好兄弟了，为了不让吴羽纤怀疑，他就主动提出要假装做我的男朋友。"唐小秋说完之后如释重负地叹了口气，可是在她身上，我却看不到任何一丝喜悦的气息。

“你们俩做戏也做得像点吧，我看着都假得厉害，我看得出来你们俩在一起的时候你们俩一点儿都不高兴。”我也叹了口气，提醒唐小秋道。

唐小秋回答我的全是苦笑。

看唐小秋和许柯宸在一起，吴羽纤和宁远汐在一起的时候我总感觉怪怪的，他们四个人都是绝佳的演员，在恋爱中扮演着自己的角色，只是我这看客却替他们捏一把汗，因为作为旁观者的我都累得不行。

不过我已经没有力气管他们之间的事情了，我现在所有的心神都被婆婆占据了，她现在变得越来越难以理喻，原先我只要周末不回家躲出来就可以，可是现在每到周末她都会喊我回家。

她不是想我了，不放心我才叫我回家的，我甚至一度以为她叫我回家就是为了折磨我，让我难过。

因为回到家之后，婆婆总会将我带到做陶瓷的房间里逼着我做东西，我做得稍微有点问题，她就会横加指责，而她自己却并不会比我强到哪里去，做东西的时候经常出错，还摔坏了做好的瓷器。

“顾桉桐，你做的这瓷器，别说拿出去卖钱，就是白给人家都不会要的，你看这层釉，一点儿都不平，和地摊上那种几块钱一个的有什么区别？”婆婆又拿着我做好的瓷器挑毛病了。

“婆婆，这种瓷瓶我是第一次烧，我已经尽力了。”看着被婆婆贬得一文不值的精致瓷瓶，我忍不住辩解，我做陶瓷的水平虽然不如婆婆，但是我做的这个瓷瓶应该已经算是上品了，只有那么丁点的瑕疵，怎么可能只卖出地摊货的钱。

婆婆没有说话，只是很不高兴地看着我。我看着她脸上渐渐堆砌的愤怒，忍不住认真地解释："这个地方的釉不平，不是在做陶瓷的过程中形成的，是刻上去的花纹导致的，这花纹的纹理太深，才会……"我相信凭她这么多年的经验，她应该清楚这一点，所以不该用这个理由来指责我。

"你现在除了强词夺理还会做什么？我不过是想让你做得更好一些，做得更好一些又错不了！做错了就是做错了，不要找借口！这个花纹造成的问题是有办法解决的，我曾经告诉过你，你把我教给你的东西都当饭吃了吗？"

"顾桉桐，不要拿着你的懒和笨做借口，不然你就没救了。"婆婆见我还想开口辩解，终于忍不住高声喊道。

我看着她那有些呆滞却依然满怀不忿的眼睛，忍不住说："我有救没救和你有什么关系，我不过就是跟着你生活，你放心好了，等我爸妈回来了，我就会跑得远远的，再也不会回来，不让你看到我这张又懒又笨的脸。你凭什么让我做瓷器？我爸爸妈妈寄来的钱没有办法养活我吗？我真是受够了你。"我歇斯底里地喊道，这么长时间我真的已经受够了婆婆阴阳怪气地说话，也受够了她近乎变态地欺压。

“你爸妈把你交给了我，你就跟着我过，我要你做什么你就做什么，不要再痴心妄想，好好跟着婆婆我过吧。”婆婆见我一身火气，她刚才身上的火气竟然渐渐消了，淡淡地扫了我一眼说道。

“我才不要跟着你过，这么多年我早就受够你了！你总是要求我做这做那，对我要求严格！我还没有长大，我爸妈每个月都会寄钱过来，所以不需要做这些东西来养活自己！你是把我当自己的孩子还是当成你养的小工？如果我爸爸妈妈知道你的这些做法肯定会生气的，你这样做对得起他们的信任吗？”憋在心底许久的话终于说了出来，我含着泪看着婆婆，希望她能懂我此刻的悲伤。

婆婆看着我，低声说：“你爸妈……得过几年才能回来。”

婆婆说话的时候明显地停顿了一下，对我也没有了之前的严厉，和我说话时她的神色中甚至有淡淡的哀伤，那莫名的哀伤弥漫在她浑浊的眼眸中，将我的心紧紧揪住。

我有些后悔刚才和婆婆说的话了，她对我要求严格也是为了我，这我清楚，我只是受不了她神经质的严格，不明白她为什么突然对我有了这么高的要求，我不是要强的人，我觉得再这样下去，婆婆会把我逼疯。

但是在听到婆婆说我爸爸妈妈还有几年才能回来的时候，我还是很坚决地说道：“我爸爸妈妈很快就会回来的，我已经给他们写信了，让他们尽快回来，因为我和你在一起一点儿都不快活。”

婆婆的眼中蓄满了悲伤，她看着我，许久之后才轻声地叹了口气，说：“桐桐，我应该告诉你一些事情，你听我说……”

我抬头看向婆婆，等着她接下来的话，却不想婆婆终于还是摇摇头，然后擦了一下眼中的泪水，才颤巍巍地站起身来，说道：“走吧，回家，婆婆给你做好吃的。”

在我的记忆中，婆婆一直都是要强的，从来都不服输，更不会在我面前服软，今天却很怪，竟然说出这样温和的话语。

我不好再继续坚持下去，因为我清楚，我的爸爸和妈妈不会很快回来，我还得跟着婆婆生活。

婆婆就走在我的前面，我看着她颤巍巍走路的样子，看着她被风吹起的白发，心底就多了几分愧疚，除了对我要求严格一些，婆婆对我还是很照顾的。

我忍不住追上了婆婆，扶住了她的胳膊，一步步向着家的方向走去。

CHAPTER 08

第八章 三春晖

那天我和婆婆吵架之后，婆婆为我做了一顿丰盛的晚餐，她看着我一大口一大口地吃，嘴角全是笑。

但是那天之后，她又变成了原先的样子，有时候会失手打碎瓷器，有时候会发愣，当然更多的时候是在指责我，她对我的要求越来越高，为了让我能做好瓷器，她甚至要求我每天晚上都要回家做，她监督。

每次我累了回去睡觉之后，婆婆依然会忙到很晚，婆婆的世界好像只剩了两件事情，做瓷器和教我做瓷器。

我心里依然有不愿，有委屈，但是看着婆婆憔悴的脸，我拒绝的话怎么都说不出来。

“桐桐，记住我跟你说的做这种瓷器的要领，不早了，你先去睡吧。”婆婆很欣慰地看着我做出来的瓷器，阴沉了一晚上的脸上终于有了笑容。她缓声说完就接着忙着手里的坯子。

“婆婆，不早了，咱们一起回去吧。”我看着她疲累的面容，有些心疼。

“我做完了这些就回去，你先回去吧，早点睡。”婆婆说完话就将注意力放到手上的坯子上，连我什么时候离开都没有发现，她做瓷器的时候一直都是专心致志，一丝不苟的，在这点上我永远都望尘莫及。

第二天一早我起床的时候却没见到婆婆，她的被褥依然是昨天我睡着时候的样子，这段时间她经常做瓷器到深夜，却从没想昨天一做就一宿，她那么大年纪了，哪里还有精力做一宿的瓷器。

瓷器店的门还是我昨天离开时候的样子，虚掩着，我推门而入，以为会如往常一样见到婆婆忙碌的背影，可是今天却显然不一样：婆婆竟然趴在还未成形的坯子上，脸上、衣服上已经滚上了不少的泥浆，她的手依然抱着那未成形的坯子，一副呵护的样子。

肯定是累得狠了才睡着了，我蹑手蹑脚地走近婆婆，将我的衣服披到她的身上，随后我想将她手上的坯子挪开，帮她把这件瓷器做完。

只是我没想到，当我碰到坯子的时候也碰到了婆婆的手，她的手已经没有了热度，冰冷的触感针一样扎进了我的心里，冷，顺着我心头的血液蔓延，只是片刻就袭遍了全身。

“婆婆，婆婆。”我努力压住心头的担忧，大声地喊着，盼着她能突然睁开眼睛，看看我，或者再骂我一顿，说我又起床晚了，是个懒丫头，懒丫头是不会有幸福的。

昨天骂我的时候还精神抖擞的婆婆怎么可能就这样永远地去了。

我不信，所以我再次喊婆婆，婆婆，可是千呼万唤都再也得不到回音了。

我喊到力竭，眼泪终于落了下来，不管我多么不愿意承认，婆婆已经永远地去了。

婆婆安静地趴在坯子上好像睡着了一般，我伸出手，摸着婆婆依然沾着泥浆的手，老茧划痛了我的手，粗糙的触感让我心疼莫名……

我忍不住再唤，和原先的应付排斥不同，今天我只是喊婆婆，为我之前惹她生气让她失望，我只是喊婆婆，为她照顾我的无数日夜。

悲伤，在我唤了一声又一声婆婆都得不到回音之后在我的心头掀起巨浪，我所有的心神都被这种感觉弥漫。

“婆婆。我是桐桐，你睁眼看看我，我是桐桐，你怎么舍得将我自己一个人留在这里。”

“婆婆，没有你我就没有家了。”

“婆婆，天都亮了，咱们回家休息。”

“婆婆……”

之前婆婆责骂我，嫌我不懂事或者逼我做瓷器的时候，我心里也曾经诅咒过，希望她早点离开这个世界，那样我就不用忍受她的坏脾气，不用被她逼着干活。可是现在，我最恨的是我自己，为我之前那不懂事的诅咒，因为我当时不觉得婆婆有多么重要，即使到了昨天我都不知道婆婆对我意味着什么，今天，当婆婆已经离我而去的时候，我才清楚，这么多年婆婆与我相依为命，早已经成了我的亲人，比父母都要亲的亲人，而之前我避之唯恐不及的婆婆的家才是我的家。

现在婆婆没了，我没了亲人，也没了家。

只是我之前不知道珍惜，现在懊恼，已经晚了。

我追悔莫及，却再也唤不回婆婆，我永远地失去了这个世界上最爱我的婆婆。

我自己在作坊里哭得死去活来，邻居听到哭声赶过来，见我哭到力竭，他才不忍心地告诉我："婆婆早就留了一封信给你，她早就知道自己没有多少时间了。"

我发疯一样地找出婆婆留给我的信，含泪看着，可是只看了两行，我的眼泪就再也控制不住地落了下来。婆婆早就查出有癌症了，她怕我伤心所以没有告诉我，这段时间她的异常都是有原因的，她对我要求严厉，逼着我学做瓷器都是为了让我在她离去之后能很好地生活，而她这段时间不停地做瓷器，是为了能多赚点钱留给我。

我从来都没想到，婆婆做的令我讨厌的事情全都是为了我，可是我竟然还为此和她吵架，甚至说出了要离开她的话。

在婆婆无私的奉献面前，我就是一个不懂事的孩子，她疼了我这么多年，我却连一声谢谢都没有对她说过，我做得最多的就是嫌弃。

"婆婆，对不起。"看完信之后，我对着婆婆的遗体轻声说道，可是再多的道歉都唤不回婆婆了。

我被追悔和哀伤缠绕，人都变得昏沉起来，幸好宿舍里乔冉她们三人闻讯赶来，不停地安慰我，并且帮我做婆婆家属应该做的事情。

婆婆的葬礼都是她们三人帮忙弄起来的，在葬礼上，我站在唯一的家属的位置接受婆婆亲朋好友的吊唁，我在他们面前哭成了泪人，即使我知道眼泪在此刻是最无用的东西。

“孩子，她是你唯一的亲人，她之前曾拜托过我照顾你，以后你有什么事情可以来找我。”一个和婆婆年龄差不多大的爷爷轻轻地拍了下我的肩膀，很认真地说道。

我愣住，看着面前的人，很疑惑地问：“你说婆婆是我唯一的亲人？唯一的？”

“对呀，几年前你爸妈就出事故去世了，是婆婆照顾着你，除了她你还有别的亲人吗？”爷爷很是不解地看着我，而我却再也支撑不住，猛地跌落到地上。

“爷爷您刚才说什么呢？您说桐桐的父母几年前就去世了？怎么可能，她每个月都会收到父母的来信，怎么可能……您可不能乱说。”在一片慌乱中，我只听到乔冉低声问道。

“她还不知道吗？看来是徐婆婆瞒着她了，她的父母去世都好几年了，是工厂出了事故，具体的我也不清楚，这些还是听徐婆婆说的。”那爷爷很是遗憾地说道。

我以为婆婆的离开已经足以让我绝望了，却不知道我的世界已经在很多年前就已经被彻底颠覆，是婆婆用她老迈的身体为我撑起了一片天空，让我依然快乐地生活。

婆婆，婆婆，你为我做了这么多，我却在现在才知道……

爸爸，妈妈，你们走了这么多年，我却依然还很快乐……

我是世界上最不孝顺的儿女，也是世界上最不懂事的孙女，我能做的就是让泪水让我清醒，让我清楚我已经没有了婆婆，也没有了爸爸妈妈，从此这个世界上，我是孤零零的一个人，再也没有人会不放心我的冷暖，再也没有人管我的生活。

我是这个世界上最可怜的人了……

不够幸好我还有乔冉、吴羽纤还有唐小秋这三个朋友。

她们知道婆婆的离世对我打击很大，父母早就去世的事实已经足以将我击垮，她们三人轮流陪着我，给我讲开心的事情转移我的注意力，我知道她们的努力，也很感激她们的用心，可是我却无法释怀，不管是婆婆的死，还是父母几年前的离世。

虽然这都已经成了我改变不了的事实，但是也阻挡不了我每天以泪洗面。除了眼泪，我不知道还能为婆婆做什么，还能给父母些什么。

我的世界陷入了无边的混沌中，我不知道前行的路在何方，更不知道哪里有终点，我确定的只有一点，那就是我已经没有了后路，如果我选择后退，我没有那个包容我的家，没有给我温暖的亲人，所以世间所有的苦痛，以后我只能自己受。

在婆婆葬礼后的第十天，我又收到了父母的来信，信里的内容依然温暖，我的眼泪却再也控制不住地流了下来。

在婆婆离世之后我才知道原来我这些年收到的信都是婆婆拜托别人写的，按月寄给我，她的目的很简单，她不想让我知道我的父母已经离开了这个世界，我交学费的钱、生活费全是徐婆婆做瓷器赚来的，只是她告诉我那是我的父母寄给她的，所以我一直不知道感恩，我甚至还指责婆婆对我太严厉，将我当成了小工。

现在我才知道她严厉外表下那颗暖热的心，她是为了让我有一技之长，让我在离开她之后依然能有安然的生活，她太想让我尽快长大了，可是直到她离开这个世界，我都还是那个长不大、让她担心的孩子。

我一直都没有注意，每个月寄给我的信上并不是我父亲的字迹，上面那温暖的思念的话语也是带着淡淡的隔膜，只是之前我没想到会是假的，我没想到对我一直严厉的婆婆会为我造一对虚假的父母，让我以为我自己依然是享受着父母思念和爱的孩子。

除了这些信件，那间瓷器店和为数不多的存款就是婆婆留给我的全部遗产。

看着存款单上那不多的钱，我才知道为什么婆婆会在最后的日子里不停地忙碌，她是要为我留更多的钱，所以，她到死都死在了操作台上。

婆婆为我做的这些，怕是我的父母都不会为我做到，可是我却一直怨她，一直觉得她太狠心了。

等我明白最狠心的婆婆是最爱我的人的时候，婆婆已经不在了。

虽然之前一直想逃离婆婆的约束，但是等婆婆真的去了，没有人再管我，我周末不用再回家的时候，我心里却没有想象的那般快活，我的心痛得厉害，因为我没有家了，徐婆婆走了，我的家也没了。

我以前一直可怜唐小秋，可是唐小秋在这个世上还有舅舅，有表姐，即使他们对她不好，那也是和她有血缘关系的亲人，而我在这个世界上却孑然一身，孤苦一人。

周末，是她们几个回家的日子，想到冷清的宿舍，我心底排斥得厉害。

我躲在思源湖畔哭了很久，等天渐渐黑了下来，我才摸索着回了宿舍，只是我没想到此刻应该冷清寂寞的宿舍却一如往常，唐小秋、乔冉和吴羽纤都在宿舍里，她们没有回家。

“桐桐，以后的周末，你不用躲出去，我们都会陪你的。”吴羽纤见我进了宿舍，站起身就抱住了眼睛哭肿的我。

“桐桐，我和你说过，以后我们就是你的亲人。”一贯说话刻薄的乔冉难得有温情的时候，此刻她说这样的话更让我感动。

“顾桉桐，你要坚强。”唐小秋突然扑向我，将我抱在怀中，轻声说道。

我的泪水再一次落了下来，这么多日子她们的陪伴、等待，让我明白，她们是真的关心我爱护我的人，在我没有了父母没有了婆婆之后她们就是我为数不多的亲人。

我擦干了眼泪，在心底默默地发誓，一定要对她们好，倾尽全力地对她们好。

就在我接受了婆婆和父母都已离世这个惨痛事实，生活又开始回到正轨的时候，程子延找到了我，说要和我单独谈谈。

等我赶到思源湖畔的时候，程子延已经等在那里了，见到我的时候他淡淡地一笑，接着很心疼地说了一句：“你都瘦了。”

对于他的关切我无言以对，瘦了又算得了什么，如果能用我一身的肉来换婆婆一个小时我也是愿意的。我会在那一个小时里让她知道我心底的感激，我会用那一个小时的时间做一个孝顺的孩子，只是这不过是我一个奢侈的梦罢了。

我对着程子延苦笑一下，就坐到了他的身边，问他找我有什么事情。

“顾桉桐，他们在另一个世界都盼着你好好的，所以你一定要坚强。”程子延看着我，很郑重地说道。

我点头，他接着说：“顾桉桐，其实你很幸福，有父母的疼爱，还有一个婆婆的疼爱，和别人只有父母疼爱比起来，你是幸福的。”

我再点头，程子延接着又说：“顾桉桐，不要再伤心难过了。”

我终于忍不住问程子延：“你叫我来，就是为了说这个吗？”

这样的话语我已经听了太多了，周围的人都这样劝我，这样的话程子延之前也曾经说过，所以他专门叫我过来说这样的话让我有些诧异。

我的话也让程子延有些尴尬，他看着我，说道：“我……”

“有话你说就行，刚才打电话的时候我听你的口气，好像终于打定了主意一样，你到底要说什么？咱们之间还有什么不能说吗？”

我的话说完，程子延的脸竟有些红，他低头坐在那里，很久才说了一句："顾桉桐，我确实想了好长时间才下定决心的，我今天叫你过来，确实有重要的话要说，只是我……"

程子延一直都是快人快语，我从没见他说话这样磕磕绊绊的样子，不由得笑了，程子延见我笑，脸上的红晕更重，却也笑了。

笑，缓和了我们之间的气氛，让程子延的尴尬得到了纾解，他看着我很郑重地说："顾桉桐，你做我的女朋友吧，我会好好照顾你的，以后我会是你的亲人。"

程子延说话的时候，紧张得手都紧紧地攥着，看向我的时候眼中全是情意，他的言行让我愣住了，我从来没想过程子延会说出这样的话。

我从来没想过我和程子延会有什么感情的纠葛，有段时间我还觉得他和乔冉非常相配，可是今天，他竟然向我表白。

"程子延，你说什么呢？"我有些不解地看着程子延，不知道他为什么要突然说出这样的话来。

"程子延，我虽然没了父母，没了婆婆，但是我还有朋友的，他们都是我的亲人，你也是，所以……"我说话的时候脑子都是乱的，我本能地想拒绝程子延，却不知道要说什么好。

"我不是为了要成为你的亲人才说这样的话的，顾桉桐，你的家长都没了，现在换我来保护你，呵护你，我喜欢你很久了。"程子延以为我误会了他的意思，说话的时候很着急。

“你放心我会照顾你一辈子的，也会是你一辈子的亲人。”程子延好像觉得自己还没有表达清楚，在说完话之后接着补充道。

当我终于意识到程子延所要表达的不是为了要让我心底有安全感才说要成为我的亲人，我明白他此刻是在请求我的接受，不是朋友，是男朋友。

我一直拿程子延当很好的朋友，那种什么心里话都可以和他说的朋友，所以连有心事都不避讳他，却没想到他……

“程子延，我不愿意。”我终于还是坦诚作答，因为我很珍惜他这个朋友，不想欺骗。

程子延愣住了，他可能想过我的拒绝，却不会想到我拒绝得这么干脆，这么彻底。他受伤地看着我，很久才问了一句：“为什么？”

“我有喜欢的人。”我的回答依然坦诚，之前我就曾经告诉过他我喜欢上了一个高高在上的人，当时他只是骂我蠢。

“我就是蠢，到现在都不改初衷。”想到冷司轶，我心底的失落更重，我已经好久没有见他了，可是我的心里还是有隐隐的期待，虽然我明明知道他和我之间不可能，我只能远远地遥望。

程子延看着失落的我，轻声地叹了口气，说道：“顾桉桐，你们不合适，冷司轶是谁，咱先不说他冷清的性格，永远都拒人于千里之外，咱只说他的家世，他的父母在国外有自己的企业，在国内更是有很多工厂，他娶妻肯定会娶门当户对，在生意上对他有帮助的，而不会是一无所有的你，哪怕是他选择你，他的父母也不会同意。他高高在上，在金字塔的顶端，而你不过是最底端最平凡的女生，即使你们在一起，你们连共同语言都没有，这样的未来，是你想要的吗？”

程子延一口气说了很多，不得不说他这些话是发自肺腑地为我考虑，他和我周围的所有人都觉得我如果喜欢冷司轶不会幸福。

我也清楚，如果我足够聪明，我现在就该放弃那隐藏在心中的感情，就应该接受程子延，接受他能给我的现世安稳。

可是我偏偏是不撞南墙不回头的性子，我爱着冷司轶，甚至没想过结果。

“顾桉桐，你和冷司轶是两个世界的人，你根本就配不上她，你还是死心吧。”程子延的话说得有些哀伤，不知道是心疼我的执着还是哀叹自己那刚说出口就夭亡了的爱情。

“我知道我配不上他，可是我没有办法不喜欢他，程子延你那么聪明，你告诉我我该怎么办？”我含泪问程子延，这样永远都仰望的爱情已经成了我的心魔，不管我如何挣扎，都摆脱不了。

程子延心疼地看着我，很久都没有说话，他将目光落到夜晚思源湖晶亮的湖水上，那湖水映入他的眼中，让人恍惚有种他流泪了的错觉。

直到很晚很晚，程子延起身的时候，他才看着我说了一句：“如果我有办法，就不会这样伤心了。”

我看着程子延，也跟着起身，我们一起往宿舍走，程子延还如往常一般说道：“我送你吧。”

“我和桐桐一起回去吧。”程子延的话音刚落，乔冉的声音就在我们身后响了起来。

“你……”我有些吃惊地看着乔冉，不知道她什么时候出现在了我们的身后。

乔冉看着我俩，苦笑一下，说道：“从你到这里我就在了，我见你自己往湖边来，不放心，所以就一直等在这里。”

乔冉的话让我心中一暖，我忍不住轻声说谢谢，乔冉没有说话，只是安静地陪在我的身边，我们一起走回宿舍。

在婆婆离世一个多月之后，我终于下定了决心，将婆婆留给我的瓷器处理掉。

那些瓷器，是婆婆离世前夜以继日做出来的，她的目的简单，就是将它们卖钱维持我以后的生活，可是我看着婆婆耗尽最后心血做出的精美瓷器，却无论如何都不愿意将它们卖出，因为婆婆对我的那份心思无价。

可是我也不敢将它们留着了，因为只要看到它们，我想到的就是婆婆，想到的就是她在操作台上离开的样子，想到的就是我曾对婆婆说过的我要离开她的话，这些瓷器留着只会折磨我的心神。吴羽纤她们几个见我看到瓷器会控制不住地伤心，就劝我赶紧将这些瓷器脱手，不然我永远都走不出婆婆已经离世的噩梦。

她们还说婆婆最盼望的是我高兴，她不会介意我将瓷器处理掉。

我思虑很久，终于为这些瓷器找到了最好的归宿，冷司轶。

他是个喜欢瓷器的人，婆婆做出的几乎都是精品，送给他，他肯定会珍惜它们，那婆婆的心意就不会让别人践踏。

我终于鼓足了勇气去找冷司铁，一路上都忐忑不安，这么久没有见到冷司铁，不知道他现在怎样了，不知道他再见到我会是怎样的反应。可是等我到冷司铁家的时候，冷家却沉寂如冰，用人们更是连话都不敢说，只是低头做着自己的事情。

我以为冷司铁又不在家，正失望不已的时候，管家走到我身边指了指猫窝的方向，轻声说："少爷在那里呢。"

"管家，到底怎么了？"我不解地看着管家，冷司铁虽然冷漠，但是却不至于让家里的用人都这样沉默，我的心底划过不祥的预感，总觉得出了什么事情。

"少爷的猫死了。"管家说完就低头离开，我愣在那里，脑海中全是冷司铁抱着猫时那慵懒幸福的样子。

我缓缓走到猫的房间，见冷司铁正伤心地坐在猫窝旁，全神贯注地盯着猫窝，那张英俊冰冷的脸上现在全被哀伤弥漫，那寒冰一样的目光带出的浓浓感伤让我的心都不由得沉了下来。

我坐到了冷司铁的身边，陪着他看着猫窝出神，想到那只第一次见面就抓伤了我、以后却对我很是依恋的白色小猫，眼泪就不由得落了下来。

冷司铁听到我的哭声看了我一眼，继续对着猫窝出神。

我俩就这样沉默着坐了大半宿，冷司铁终于再次转头，看着我，很是伤心地说了句："我失去了最后的亲人。"

听了冷司轶的话，我的脑海中瞬间浮现出婆婆那苍老的容颜，那看着我欲言又止的样子，我忍不住号啕大哭，因为在不久前，我最后的亲人也已经离开了这个世界。

冷司轶看着我，眼泪也不停地落下，直到我俩都哭得没了力气，我才对冷司轶说道："你比我要好，你还有父母，我却什么都没有了，我的父母、我的婆婆都离开了我，这个世界上只剩一个孤零零的我，举目无亲，形单影只。"

我说完又止不住地流泪，冷司轶用湿润的眼眸看我，很久才长叹了一声，说道："我那父母，有和没有有什么两样，一年见一面，最多待不了五天就离开，这个世界上剩下的也是孤零零的我。"

"如果说你从高中时候成了留守儿童的话，那么我留守儿童的生涯是从五岁开始。"冷司轶的声音依然是冰冷的，只是这冰冷中透着没有亲情的苦楚，我看着冷司轶，第一次觉得永远高高在上的他也很可怜。

"他们走了，用人们都对我恭恭敬敬的，我有心事不能和他们说，就全都告诉了小猫，它知道我所有的心事和秘密，也只有它会因为我回来而欢呼雀跃，只有它因为我的离开恋恋不舍，因为它我才觉得这个冰冷的别墅是个家，可是现在它死了，我没有家了。"冷司轶眼睛眨都不眨地看着猫窝，出神地说道。

他的一句没有家，轻易地就将我的悲伤勾起，我再也忍不住又哭了起来，冷司轶也在默默地流泪。看着此刻的冷司轶，我突然间觉得他特别可怜，我们两个是这个世界上最可怜的人了，我再也控制不住心头的悲伤和泛起的软意，我将身边的冷司轶搂住，哭得泣不成声。

我忘记哭了多久，等我终于停止了哭泣的时候，冷司轶的衣服上已经沾满了我的泪水和鼻涕，而冷司轶的眼睛依然被哀伤占据。

我突然想起他有洁癖，赶紧松开了抱着他的胳膊，有些怯意地看着他，他依然是那副冰冷的样子，全然没有责怪我的意思。

他是有洁癖的，而我，不仅抱住了他，还将他的衣服弄得脏兮兮的，可他却反常地没有反应，我想他肯定是太伤心了，忘了自己的忌讳，所以没有将我推开。

离开冷司轶的怀抱，我突然觉得有些冷，原来他的怀抱是那样的温暖，暖得我只觉得心都化了。

直到离开前我才把我要送他瓷器的事情说了，冷司轶答应了，最后送我出来的时候，我见他脸上终于有了丝淡淡的笑意。

我将婆婆留给我的瓷器送到冷司轶家中的时候，冷司轶的家里已经多了一个陈列的柜子，那柜子精致得仿佛从梦中抬出来的一般。

冷司轶让用人将瓷器都放到橱柜中，然后关上了精致的玻璃门。婆婆做的瓷器得到了这样高的礼遇，这让我很欣慰，可是想到婆婆做这些瓷器时候的样子，想到我要和这些瓷器长久分离，我还是控制不住自己的泪水，我将脸贴在玻璃橱柜上，再一次泪如雨下。

我哭的时候冷司轶就站在我的身边，等我意识到冷司轶有洁癖时，我的泪水已经弄脏了他的橱柜，我猛地后退一步，就在我要向冷司铁道歉的时候，一条手帕递到了我的面前，我惊讶地看着递给我手绢的冷司铁，很久都没有反应过来。

我的呆愣让冷司铁也愣住了，但是不等他开口我就将手绢接了过来，我拿着手绢就去擦被我的眼泪模糊了的窗户，还没等我擦干净，我就听到站在我不远处的冷司铁轻声地叹息。

我不解地转身看向冷司铁，他已经拿了另一块手绢走近了我，然后认真地帮我擦去了脸上的眼泪，我难以置信地看着面前的俊颜，他的脸还是一如既往的冷，只是眼神中的温柔却怎么都遮不住。

我没想到冷司铁会为我擦眼泪，心底一阵狂喜，因为他终于舍得对我好一点儿了。

见我眼中的喜悦，冷司铁叹了口气，解释一般地说道：“我想过了，我应该善待这个世界，包括你。”

冷司铁的话让我很激动，激动得泪水都流了下来。

CHAPTER 09

第九章 碎裂恨

生活从来都是东边日出西边雨，就在我因为冷司轶的转变而高兴的时候，唐小秋的世界却一片阴沉。

有许柯宸打掩护，她和宁远汐的爱情又恢复到了从前，但是说了装作恋人的许柯宸却俨然已经入了戏。

他真的将自己当成了唐小秋的男朋友，他对唐小秋好，也嫉妒唐小秋和宁远汐的感情，甚至几次和唐小秋吵架，要求唐小秋和宁远汐分手，而唐小秋因为需要许柯宸这个幌子，所以即使心里再苦她都忍着，只是脸上的笑容越来越少，许柯宸却依然固执己见。

许柯宸生日，热情地邀请我们这些熟识的朋友参加，我们赶到KTV包房的时候，一群和他关系不错的哥们已经等在了那里。

我们一群人唱歌，喝酒，聊天，玩得很是畅快。寿星许柯宸也很高兴，只是总时不时地看向身边一副小鸟依人样子的唐小秋，而唐小秋所有的注意力都在宁远汐的身上，和唐小秋的做戏一样，宁远汐也明显心不在焉。

许柯宸看出了唐小秋和宁远汐两人眼神的交流，他看看周围高兴的人群，终于还是忍住了心底的郁闷，闷头喝酒。看着许柯宸隐忍的样子，我竟然有种不好的预感。

他的朋友们显然不愿意看到这样郁闷的许柯宸，他们将定做的生日蛋糕拿了出来，拽着刚喝了两杯酒的许柯宸，让他许愿。

许柯宸看了眼唐小秋，又看了眼视线依然停留在唐小秋身上的宁远汐，笑着说了一句：“我想和唐小秋有一个浪漫幸福深长的热吻。”

许柯宸为那个吻加上了很多美好的形容词，看得出来在他的心里能和唐小秋热吻那是最期待的事情。

说完话之后他笑着看向唐小秋，眼睛里的光芒闪闪亮，仿若天上的星。

唐小秋显然没想到许柯宸会说出这样的愿望，在所有人的眼中，她是许柯宸的女朋友，和他有一个热吻是再正常不过的事情。在这些起哄要他们热吻的人中，只有我、许柯宸和宁远汐知道他们是做戏的。

更可悲的是这个戏必须得做下去，因为此刻的吴羽纤正牵着宁远汐的手，一脸幸福地看向唐小秋和许柯宸。

唐小秋无助地看向宁远汐，她不想和许柯宸接吻，更不想让宁远汐知道许柯宸有这样的要求，可是她也清楚，这个时候宁远汐什么都不会说。

她无助地看向许柯宸，许柯宸一脸的笑意，那得意的神色让唐小秋明白他是故意的，而自己却骑虎难下。

“接吻，接吻，接吻。”见唐小秋犹豫，围在许柯宸身边的几个哥们已经开始大喊，不明真相的乔冉、程子延和吴羽纤也跟着附和。

唐小秋的脸通红，为难得都要哭了，和吴羽纤站在一起的宁远汐神色平静，但是我却看到他的手恨不得要将手中的酒杯捏碎。

起哄的声音越来越大。唐小秋无助地坐在沙发上，几乎要掉下泪来。

许柯宸的要求并不过分，她也没有拒绝的理由，她只是无助地坐在那里，她从来都没想过对她有求必应的许柯宸会将她置于这样的境地。

许柯宸被起哄的朋友推到了唐小秋的面前，许柯宸温柔地看着唐小秋，唐小秋却再次将脸转到了宁远汐的方向，而宁远汐却连看她一眼都不敢。

许柯宸显然期待这一刻已经许久，在众人的哄闹声中，他捧起了唐小秋的脸，然后低下头给了她一个深深的吻。

“她根本就不愿意，你看不出来吗？”宁远汐疯了一样拳头不停地落到许柯宸的身上。

一直被动挨打的许柯宸也终于站起身来反击。

“不愿意又怎么样，你有什么资格来说我？我光明磊落地亲自己喜欢的女孩，你呢？脚踏两条船。你如果真的喜欢她又为什么为了自己的前途缠着吴羽纤？你就是个人渣！”

唐小秋一直纠结的未来，一直坚持的走一步看一步终于走到终点，再也没有借口可以掩饰，所有的真相惨烈地呈现在我们的面前。

宁远汐和许柯宸的打斗刚刚结束，吴羽纤就已经无法控制自己，她疯了一样跑到呆住的唐小秋面前，拽着她连声地问：“是不是真的？许柯宸说的是不是真的？”

在问话的时候，唐小秋依然在发呆，她连看吴羽纤一眼都不敢。

现在事实就摆在眼前，她没有办法狡辩，就是有借口遮挡，怕是也遮挡不住了。

可是唐小秋的沉默让吴羽纤心底的恐惧更重，她抓住唐小秋的两条胳膊，好像抓住了自己的救命稻草一般，她一遍遍地问：“唐小秋，到底怎么回事？你告诉我。”

吴羽纤问话的时候眼中的泪水止不住地往外流，其实她早就清楚，唐小秋给不给她答案自己都已经永远地失去了宁远汐，她只是不甘心或者不敢信罢了。

“唐小秋，你告诉我，看在咱们是好朋友的分上。”吴羽纤哭着喊着唐小秋的名字，只求真相在唐小秋嘴里说出来。

呆愣的唐小秋在吴羽纤的摇晃下已经回过神来，她看着吴羽纤，也泪流满面，她终于开口，可是说出的却只有三个字：“对不起……”

我从来都没想到摧毁一个人的世界只需要三个字，但是在唐小秋哭着说出对不起的时候，我看到吴羽纤僵在了那里，然后身体好像被抽走了最后的力气，整个人软软地瘫到地上，我和乔冉担心地守在她的身边，看着她恶狠狠地看着唐小秋，然后几次努力终于站起身来。

“我不会原谅你们的。”吴羽纤咬牙切齿地说完，转身就走，将担心她的我和乔冉都甩在了身后。

最后我和乔冉决定，我去追吴羽纤，乔冉留在这里安慰唐小秋。

虽然今天的事情对吴羽纤伤害最大，但是唐小秋现在也一直处在惊恐之中，她努力地维持的平衡，她一直舍不得放手的友情已经彻底离开，而她的爱情也变得前路未卜。

我追到城市中心广场才追上了吴羽纤，她像个没了家的孩子一样蹲在广场边无助地哭泣，来来往往的人好像看怪物一样看着她，她都毫无所觉。

我坐到了她的身边，却不知道要怎样安慰，只能听她哭泣，听她的世界坍塌之后她无错绝望的哭声。

“桐桐，你知道我为什么喜欢宁远汐吗？”哭累了的吴羽纤突然停止了哭声，抹了一把脸上的泪水，轻声问道。

“因为他不嫌我丑。”吴羽纤转过脸认真地对我说道。

“那年的运动会，班主任要求我们每人必须参加一个项目，我选择了800米，然后成了全校的笑话。我跑得慢，落到了最后，可是我一直坚持跑着，即便我知道周围已经全是嘲笑我的声音，但是800米很累人，尤其是在冷嘲热讽中跑，很容易绝望的。”

“就在我要放弃的时候，我听到了一声‘加油’。我循声望去，就看到了宁远汐那张英俊的脸，他对着我笑，然后再次说了声‘加油’，你都不知道他那声‘加油’给了我多大的力量。终于成功跑到终点之后我就发誓，我一定要让宁远汐做我的男朋友，因为他没有嘲笑我，他还给了我努力的力量。”

说到那段让她铭心刻骨的过往，吴羽纤的泪水再一次落了下来，这么多年她因为胖，因为丑，受尽了别人的嘲讽和白眼，而那个用温暖声音鼓励她的人，肯定会走进她的心底。

“开始的时候他并没有接受我，可是我知道只要我对他好，总有一天他会接受的，我认定了他不会以貌取人，所以我等着被他接受的那天。”

“我不美，但是我很温柔，尤其是对宁远汐，不仅温柔，我还很大方，我的积蓄，我父母给我的零花钱我几乎都用到了他的身上，他喜欢的衣服，喜欢的表，喜欢的电脑、摄像机，只要他开口我就买给他，因为他喜欢，因为那个不嫌弃我的宁远汐值得所有好的东西。”

“他一直不肯接受我，后来他知道了我爸爸是大学的校长，才接受了我。当时我就知道他和我在一起不是冲着我，是冲着我爸爸能给他好的前途，而我可以为他提供好的生活，所以他才委曲求全。我明明知道这些，可是我宁愿自欺欺人，因为在我最需要支撑的时候他没有嫌弃我，因为他帅气英俊，有这样一个男朋友我就不会那么自卑。”

吴羽纤一口气说了很多话，一边说一边流泪，我从来都不知道一直调侃自己胖丑的吴羽纤心底竟然是这样的。

我抱住吴羽纤陪她流泪，心疼她曾经的遭遇和付出，可是我却说不出任何一句安慰的话，或许此时，只有温暖的怀抱才是最安心的所在。

我以为这件事情之后，吴羽纤会颓废一段时间，却没想到她第二天就红肿着眼睛满血复活。

她当着我和乔冉的面前和唐小秋绝交，甚至说这辈子做的最后悔的事情就是把唐小秋当姐妹。

我和乔冉都没有说话，因为当唐小秋做出背叛吴羽纤友情这件事情的时候，就应该想到事情一旦曝光，她们之间再无可能有友情。

出乎我和乔冉预料的是，一直对宁远汐无限宽容的吴羽纤毅然决然地和宁远汐提出了分手，说完以后再无关系的话之后，吴羽纤很洒脱地转身，倒是宁远汐神色中带着几分哀伤，不知道是因为彻底失去了吴羽纤这个爱他的女人，还是因为他失去了触手可及的美好未来。

更让我和乔冉想不到的是吴羽纤彻底变了一个人，原先那个乖乖女在几天的时间里就成了酒吧的常客，夜不归宿成了最经常的事情，有几次吴校长来宿舍找她，见到的都是酒气熏天的吴羽纤。

自己的女儿公然地做出违反校规的事情，这让他很头疼，却也只能看着自己乖顺的女儿变成不良少女。

他用了很多办法都没办法让吴羽纤变成原先的样子，他的心底很恼火，等他再一次在我们宿舍找不到吴羽纤之后，他带着我们去了酒吧，看着喝得烂醉如泥被一个小混混揽在怀中的吴羽纤，他的好修养再也压不住心头的怒气。

“吴羽纤，你再这样，我就没有你这个女儿了。”吴校长很生气地对吴羽纤说话。

吴羽纤却笑了，接着又哭了，她哭着对吴校长说：“在你的眼中，我和妈妈早就什么都不是了，你一直觉得我们是你人生的污点对不对？你离婚是为了摆脱妈妈，现在急着不认我就是为了摆脱我，你觉得我和我妈都是胖子，我们不配做你的家人是不是？”

吴羽纤的话或许是戳中了吴校长的心事，他哑口无言，吴羽纤却得意地笑了起来。

吴羽纤曾经和我们讲过他父亲的事情。

当年他父亲和他母亲结婚就是因为他看中了她母亲的家庭背景，他们结婚后那背景成了他事业的助力，用了不长的时间就当上了校长。等他志得意满之后，他发现自己和吴羽纤的妈妈没有什么共同语言，性格不合，所以经常吵架，加上聚少离多，两人就协议离婚了，而离婚不久吴校长就再婚了。

这一直是吴羽纤心头的刺，只是她一直隐忍着没有在吴校长面前戳破罢了。

“爸爸，其实你不知道，我一直在想，如果将我身上这些肥肉割掉，你是不是会多爱我一点儿？如果将我身上这些肥肉割掉，宁远汐是不是就会喜欢我，如果将我这身肥肉割掉，我是不是就可以得到爱情？为什么在这个世界上胖子就没有出路，为什么胖子就得不到爱情，为什么胖子要被最好的朋友背叛，胖子有什么错？这个世界上，所有的男人都是傻子，他们看不到胖子的好，你们都是外貌协会的，爸爸你是，宁远汐也是，这个世界太可怕了，都是黑暗的。”

吴羽纤哭着说话的时候，手里就拿着水果刀，在自己胖胖的胳膊上划来划去，虽然没有划破胳膊，却让我们看到心惊肉跳。

吴校长听着吴羽纤的话，眼中有泪光泛起，吴羽纤看着只是很不在乎地笑笑，然后再次将水果刀放到了自己的胳膊上，她说：“既然胖子没有出路，那我就变成瘦子，我把这一身肉都割下来，还给你，以后我不欠你的了。”

吴羽纤说话的时候眼中带泪，我和乔冉再也控制不住心中的担忧，奔上前去抢夺她手里的水果刀。

乔冉和我两个人紧紧地按住吴羽纤的胳膊，让她没有力气拿着水果刀刺向自己的胳膊，吴羽纤却挣扎开来，她哭着喊：“不要管我，不要管我，我不要做胖子。”

吴羽纤喝醉了，不受控制地挣扎，我和乔冉费了九牛二虎之力都没能将她手中的水果刀夺过来。

她挥舞着水果刀不停喊着不要做胖子，我和乔冉则全力抢夺她手中的水果刀。

我担心吴羽纤会受伤，正想低头劝她，却不想眼前闪过一道光，然后我只觉得我的左脸颊有一股温热，接着就是锥心的疼痛。

我们在抢夺水果刀的时候，那水果刀的刀锋在我的脸上划过……

在明白发生了什么之后，我松开了紧握着的吴羽纤的手，然后喊了声：“好疼。”

我的声音让乔冉和吴羽纤同时停止了抢夺，我捂着脸，感觉到血顺着我的指缝流出来，吴羽纤和乔冉也都看向我，一脸的惊讶。

惊讶过后，吴羽纤的眼中闪过一抹愧疚，然后惊呼一声，转身离开，我捂着受伤的脸呆在原地，许久都没有缓过神来。

我的脸上留了一道很丑陋的疤痕。

我不是美人却从来都没想过要做丑八怪，但是脸上的这道疤却成功地把我变成了丑八怪。

这突然的转变让我很郁闷，做什么事情都提不起神来，而我没想到的是，即使我成了丑八怪，程子延都依然关注着我，将我的失落看在了眼中。

他再一次约我到思源湖边，在上次我们坐过的位置上，程子延很深情地和我说："以前你长得不怎么样我也喜欢你，做我女朋友吧，因为在我心里你永远都是最美的那个顾桉桐。"

程子延的话说得很郑重，却让我的失落更重，我看着他满是心疼的目光，疯狂地喊着让他走，我不要他的可怜。

现在的我心脆弱得像随时都会折断的小草，我看不得别人对我的好，我觉得那是施舍是怜悯，而没有了之前那张还算清秀的脸，我不觉得自己还有被程子延喜欢的理由，所以程子延做出的情深意切，我本能地认为是怜悯。

给我一个归宿，一段爱情，这是作为好朋友的程子延给我的最大的怜悯，我明白他的用心，感激他的用心，却也痛恨他的用心。

感激是因为他舍不得我伤心难过，痛恨是因为我不需要任何人的怜悯，即使我已经成了一个丑八怪。

即使我情绪失控，程子延都没有离开，他安静地守在我的身边，等我哭够了我将心底最隐秘的伤痛说给他听。

我告诉程子延，我最伤心的是我以后不能喜欢冷司轶了，以前我配不上他，而现在我的脸毁了，我连喜欢他的资格都没有了，我永远都没有机会配得上冷司轶了。

程子延没再说话，但是我看得出来，他眼中的哀伤并不比我少多少，因为他心心念念的人却心心念念着别人。

我没有办法缓解他的哀伤，因为我不可能成全他给他一段企及的感情。但是程子延却并没有放弃，在我明确地拒绝他之后，他还经常帮着我找一些治疗脸上疤痕的偏方，我挨个试了，却没有任何的结果。

我对自己的脸失去了希望，明明知道我再也配不上冷司铁了，却还是控制不住自己，想尽千方百计地去接近他，只是每次去我都会将自己的脸遮住，我不想让他看到我这样丑陋的一面。

我也再也没有了冲到冷司铁家的勇气，我怕他会洞悉我的秘密，然后我连仰望他的机会都不再有。

我经常徘徊在冷司铁家附近，期待着能与他不期而遇，却又像小偷一样将自己的脸遮住，我甚至都不敢让和冷司铁有关的人见到我现在的面目。

我曾见过冷司铁很多次，有时候隔得很远，有时候只是看到一个侧影。

有时候我们会有擦肩而过的机会，只是每一次这种机会我都会轻易地放弃，因为离他越近我的心就越慌乱，我怕控制不住自己，所以每次在马上就要碰到冷司铁的时候我都会落荒而逃。

我都忘记了这是第多少次在冷司铁家附近转悠了，但是这次注定与以往不同，因为我见到了冷司铁，在离他的家有一条街的距离的路口，他蹲在地上逗着一只流浪猫，他温和的样子与之前的冷漠判若两人。

我能感觉到冷司轶的变化，他确实在尝试着温柔对待这个世界，只是我期待的他温柔相待的那个人却再也没有了机会，我只能远远地看着他，看着他和别的女人在一起温和地逗猫。

是的，我见到冷司轶的时候，他不是自己一个人，宋惜薇就陪在他的身边。

那个曾经威胁过我的美丽的宋惜薇，此刻正花一样地盛开在冷司轶的身边，她脸上得意的笑容让我看着都心生羡慕。

现在我眼中看到的画面是我一直心心念念的，我总想象着有一天冷司轶能走下神坛，能像其他平常人一样做一些烟火男女做的事情，看到冷司轶终于做到这些，我心里却没有预想的快活。

在我失神的时候，冷司轶却突然回过头来，直直地看着我。

我心底一阵慌，本能地想转身离开，可是脚却生了根一样挪不动，我看着冷司轶，心底的千言万语海浪一般，可是涌到嘴边却什么都说不出。

我能做的也就是把遮着我脸上伤疤的口罩往上拉一下，免得冷司轶看到我丑陋不堪的脸。

“顾桉桐，你以后不要来了。”冷司轶的话依然是冰冷的，如同往昔我见他一样，只是此刻我却如坠深渊。

原来他一直知道我的存在，知道我曾多次出现在他的附近，知道我对他心心念念，可是他却选择视而不见。

在冷司铁的心里，我确实是无所谓的人，不然他不会是这样的反应。这个认知让我很伤心，看着向冷司铁走来的宋惜薇，我绝望地问他为什么。

“我不是你最好的选择，而你从来都不在我的选择范围之内。”冷司铁冰冷的话语几乎要将我的心冰冻。

他说的事实，我一直知道却不愿意想起的事实，只是我没想到这些往日自我劝慰的话语会在冷司铁的嘴里说出来。

我从来都不在他的选择范围之内，所以我的卑微、我的小心翼翼、我的痴情对他而言什么都不是，包括我一直在他家门外徘徊就为看他一眼这样的事情，在他心里我做的这一切也许只会换他一声轻笑，笑我的不自量力。

就在我的泪水要夺眶而出的时候，宋惜薇走到了冷司铁的身边，炫耀一样地看着我，我的眼泪再也控制不住奔涌而出，我哽咽着问他：“宋惜薇就是你的选择吗？”

我看着得意的宋惜薇，恨不得马上就将她恶毒的真面目告诉冷司铁，只是不等我开口，冷司铁就给了我答案，他说：“在世俗的眼里，她是。”

在世俗的眼中，他选择了宋惜薇，我知道即使宋惜薇表里不一，即使宋惜薇心如蛇蝎，即使我将宋惜薇做的事情都告诉他，他都会选择宋惜薇，因为宋惜薇就是世俗，他选择了世俗。

我呆呆地看着冷司轶，泪水止不住地往下流，此刻我不知道除了哭泣还有什么能哀悼我那卑微的爱情。

就在我哭得不能自已的时候，宋惜薇突然走向了我，在我还没有反应过来的时候，一把扯掉了我遮住伤疤的口罩。

我只觉得脸上一凉，我抬头看到宋惜薇那得意的脸，我才意识到发生了什么，我本能地用手去遮脸上的疤痕，我不想让冷司轶看到我这样丑陋的样子。

可是宋惜薇却不想善罢甘休，她见我张皇失措，笑着说道：“天气这么热，小心你脸上的疤溃烂。”

宋惜薇说话的声音里全是得意，我含着泪绝望地看向冷司轶，他的眼中全是震惊。

“你……毁容了。”冷司轶盯着我的脸，许久才惊讶地说道。

冷司轶一直是两耳不闻窗外事的，他不知道我被毁容的事情，今天看到我的脸他才知道，这件事让他很震惊，他直直地看着我，眼中有哀痛闪过。

我看着面色不同往日的冷司轶，心底的绝望更重，冷司轶看到了我现在这副样子，那以后连在他的回忆中我都不会是美好的样子。

我绝望地转身离开，却忍不住地流泪，这些泪是为了我毁容的脸，更是为了我那还没开始就夭亡了的爱情。

见过冷司轶之后我的心情很不好，我又到了思源湖边，这段日子思源湖成了承载我悲伤的地方，我所有的心事都说给它听了。

我在思源湖边发呆，直到夜幕降临很久之后我都不愿意离去。

我没想到乔冉会带着程子延找过来，听到他们的声音，我转过头对他们苦笑，乔冉还没说话，程子延就已经上前一步将我搂在怀里。

“顾桉桐，你怎么了？”程子延的话中透着浓浓的关切，可是他温暖的胸膛温暖不了我此刻冰冷的心。

我躲在程子延温暖的怀中，听着思源湖湖水叮咚，绝望的心伤终于慢慢平复，我不愿意说话。程子延不说话只是抱着我，和他一起赶来的乔冉就站在我们的旁边，她也一样选择沉默，好像只要沉默着，一切就都不曾发生一样。

但是我还是不能想到冷司轶，一想到这三个字，一想到他冷漠的模样，我的心还是忍不住揪痛不已，感觉到我身体瑟缩的程子延低声问我怎么了。

等我终于艰难地说出“冷司轶”三个字的时候，我分明听到了程子延的一声长叹，良久之后，他很疼惜地对我说：“顾桉桐，忘了他，咱们在一起好不好？”

我听得出程子延话中的疼惜，可是我的力气早已经被抽走，我没有力量做出任何的反应，只能呆呆地愣在程子延的怀中，如同一个没有了生命力的木偶。

直到程子延抱着我离开，乔冉都一直跟在身后，她没有说话，但是神色中的痛楚我却看得分明。

CHAPTER 10
第十章
伤再见

乔冉搀着周身无力的我回到宿舍，宿舍里已经没有了往日的欢愉。当时婆婆离世，她们都说要做我的亲人，仅仅几个月的时间就已经物是人非，看着这曾经承载着我们快乐和幸福的宿舍，我心底的哀伤再次连绵泛起。

宿舍里吴羽纤的床依然是空荡荡的，从那天吴羽纤在酒吧划伤了我的脸跑了之后，她就再也没有出现在我们面前。吴校长和我们找遍了这个城市的大小角落，都没有找到那个曾经欢乐的整天嚷嚷着要减肥的吴羽纤，她人间蒸发了一般，彻底地消失在了我们的生活里。

待在宿舍里的唐小秋脸色并不好，看到我被乔冉搀着回来，她几次张口都没有说出话来。

这一切的始作俑者是她，现在这样的局面也是唐小秋不曾想到过的，现在唯一能安慰她的也许就是和宁远汐的爱情了。

是的，在吴羽纤和宁远汐分手之后，她终于和宁远汐光明正大地在一起了，只是他们之前想象的幸福却没有出现，因为他们恋情公开的同时传到同学们耳中的就是他们相恋的真相，所以即使他们走在一起，收获的却不是别人的祝福。“小三”、“负心汉”之类的词语充斥在他们的爱情里，冲淡了爱情本来应有的甜蜜滋味。

因为纷起的流言，唐小秋的日子并不好过，我已经很久没在她脸上看到笑容了，虽然不赞同她的行事方式，但是作为她的朋友我们却不得不关心她。

我约唐小秋去逛街，唐小秋说没心情，我便不再说话，在暗夜中唐小秋幽幽的声音传来，她说咱们去公园吧，我想和你聊聊。

四月的公园里花开绚烂，我和唐小秋显然没有赏花的心情，进了公园唐小秋就拽着我找了个僻静地方，坐下来，忧伤地看着我。

“小秋，有什么心事你可以告诉我的，我们是朋友，我不希望你不开心。”即使我心底并不认同唐小秋的做法，但是看她一直这样郁郁寡欢，我还是心疼不已。

唐小秋伸手将我抱住，轻轻地啜泣起来。

“我没想到和宁远汐在一起会不幸福。”唐小秋一声不幸福，定义了她和宁远汐公开之后的恋情。

“现在所有人都在骂我们，说我是不要脸的小三，说宁远汐是软饭男，是负心汉。”唐小秋轻声地说着，眼中的泪水不停地落着。

我不知道怎么劝她，因为她说的是事实，别说是在旁观者的眼中，就是在他们自己的心底怕也是有了这样的定位吧？

“宁远汐还怪我，怪我管不好许柯宸，他说如果许柯宸能听我的话现在就不会是这样了，还嫌我耽误了他的前程，说如果等毕业之后他有了好的工作之后再让吴羽纤知道这一切，那就万事大吉了，都是我坏了他的好事。”唐小秋低声地说，我却忍不住恨得咬牙切齿。

直到现在我才明白宁远汐是多么可耻的一个人，他自私到了极点，他彻底毁了吴羽纤，可是直到现在他都没有愧疚，他想得更多的还是自己的前程和未来。

“那你还爱他吗？”在经历了现实的打磨之后，我已经不确定唐小秋是否还是当初那个对宁远汐喜欢到不行的女孩了。

“我还是喜欢他的，不然我们早就分手了。”唐小秋思考了片刻才回答道。

“他也还爱我，只是比原先少一些罢了。可能是因为当初我们偷偷摸摸的，他恨不得倾尽全力对我好，现在他不用担心明天还能不能见面，不用担心我们无法在一起，所以也就平淡下来了。”唐小秋在轻声说着，只是这样宽慰的话语，不知道她是说给我听还是说给自己听。

我总觉得她更像是在说服自己。

“你们俩付出了那么多，伤害了吴羽纤才在一起，一定要珍惜才是。”我由衷地希望他们能珍惜这得来不易的感情，即使已经是千夫所指，毕竟他们倾心相爱。

唐小秋看着点头，却没有说话，只是眼中的哀伤却并没有减少。

“桐桐，你真的没有吴羽纤的消息吗？”沉默了很久之后，唐小秋忍不住开口。

我点头，唐小秋这段时间一直在问我们有没有找到吴羽纤，我们回答她的总是没有，她心里才有了怀疑，以为我们知道了吴羽纤的消息却不告诉她。

唐小秋低下头去，很久才说了一句：“桐桐，我想吴羽纤了。”

说完之后唐小秋的泪水就落了下来，我看着哭得伤心的唐小秋，不知道怎么劝解，只能坐在她的身边看着她伤心地哭。

“纤纤不在的这些天，我一直想她，我想她对我的好，想她因为我的身体不好给我买一大堆的补品，想着她帮我做的好多事情，我想见她，哪怕是不说话，让我见见她，让我知道她还好我就知足了。”唐小秋哭得更厉害了，往日吴羽纤对她的好现在都成了折磨她的噩梦，将她的世界反复纠缠。

“桐桐，我想纤纤了，虽然我知道她恨我，她不愿意见我，可是我还是控制不住地想她，想咱们在一起的快乐的日子。”

我不知道怎么安慰唐小秋了，如果说她对吴羽纤是愧疚，那我则是怀念，我也总是控制不住地想起我们四个在一起快乐的日子。

“如果吴羽纤能骂我一顿或者打我一顿也许我心里会痛快些，可是那次的事情她知道之后就走了，而且是永远地消失在了我的世界里。”

“现在想来我在这个世界上最对不起的就是吴羽纤了。她对我那么好，我还抢了她的男朋友，我还瞒着她，骗她。桐桐，吴羽纤不在的这些日子我才看明白了，原来我就是这个世界上最恶毒的女人。

“现在想想，吴羽纤和我就是农夫与蛇、东郭先生和狼，她全心地对我好，信任我，可是我回赠她的是伤害和背叛。你都不知道这些日子，我几乎每天都是在噩梦中惊醒的，我梦到吴羽纤对着我哭，梦到她说她恨我。”

我从来都没见过唐小秋这样伤心，可是我却不知道怎么安慰她，只能陪着她哭，自责当时自己选择了隐瞒，其实吴羽纤不在的这些日子我也反复在想，如果我当初没有帮唐小秋和宁远汐隐瞒，结果会不会是另外的样子？

可是这个世界上没有如果，所以我们只能面对最悲惨的现实。

只是我和唐小秋怎么都不会想到，就在我们无比思念吴羽纤，盼着能见她一面的时候，吴羽纤竟然会从天而降。

就在我们相拥而泣的时候，我们所在公园的这个僻静的角落被几个混混给围住了，而领着这些混混的就是吴羽纤。

我和唐小秋都呆呆地看着吴羽纤，如果不是那熟悉的眉眼我们可能都不会相信眼前的女孩会是吴羽纤。

两个月不见，吴羽纤已经不是原先的吴羽纤了，她现在已经实现了自己瘦成一道闪电的理想，没有了那一身赘肉，她整个人显得精神了很多，脸上没了之前的婴儿肥，眼睛竟是出奇的好看。

我不敢相信眼前的女生就是吴羽纤，因为她画着很浓的烟熏妆，嘴里叼着烟，一身太妹装扮。

“纤纤。”我不敢相信自己的眼睛，以为自己看到的是别人，所以我试探地喊道。

吴羽纤盯着我脸上的疤痕，眼中有沉痛泛起，我正想和她说话，她的视线已经转向了唐小秋，在看到唐小秋的那一瞬间她的眼中闪过冰冷的光。她笑着走到唐小秋面前，一挥手，几个小混混已经挡住了我们的去路。

“纤纤你干什么？”我不解地看着吴羽纤，不知道她将我们堵在这里是要做什么。

唐小秋在迎上吴羽纤那冰冷的眼神之后，脸色已经变得惨白，她怎么都没想到自己思念不已的好友已经完全变了模样。

“我来取你欠我的东西。”吴羽纤没有回答我，却对着唐小秋说话，她说完话之后就一挥手，几个混混就已经将唐小秋团团围住。

我心中全是不祥的预感，我走到吴羽纤面前，问她：“纤纤，你这是要做什么？”

“顾桉桐，这和你没有关系，你走吧。”吴羽纤的话是冰冷的，带着疏离，好像我们从来都不是亲密的好友。

“纤纤，你不要乱来，咱们是好朋友。”看着吴羽纤面对唐小秋时眼中的杀气，我心底一阵紧张，想劝说，可话说出来才发现我的话语没有一丁点力度。

因为现在唐小秋和吴羽纤早已经不是好朋友，没有好朋友可以挖自己闺密的墙脚，没有好朋友可以一次次背叛，彻底地欺瞒。

她们在两个多月之前就已经绝交，她们现在连朋友都不是。

“顾桉桐，你走还是不走？”很显然，吴羽纤已经懒得再听我说话，她再也不是那个总是笑眯眯看着别人，一脸幸福的大小姐了，我从来都不知道原来在吴羽纤的身上也能看到这种名叫冷漠的东西。

“吴羽纤，你不能胡来的，咱们……”因为吴羽纤的冷漠，我心底的恐惧更重，我担心她会伤害到唐小秋，所以即使我明知吴羽纤不高兴，还是接着说话。

“你们将她一起带走。”吴羽纤显然已经懒得和我说话，她说了一句话之后转身就走，我和唐小秋一起被这群小混混围在中间，在他们的包围中离开了公园，到了一个僻静的胡同，进了一间破烂老屋。

“把顾桉桐给我绑起来。”吴羽纤说话的时候点燃了一支烟，我想和她说话，可是转过头看到的只是烟雾缭绕中那张模糊了的脸。然后我被毫不留情地绑了起来。

吴羽纤瞪了我一眼，就走到了唐小秋的面前，一脚踹下去，站着的唐小秋就倒在了地上，我心疼地看向脸已经疼得变形了的唐小秋，她惨白着脸怔怔地看着已经完全变了的吴羽纤。

“吴羽纤，你不要乱来。”我见吴羽纤再次抬起腿，赶紧大声地喊。吴羽纤转头对我笑笑，就蹲下了身子，伸出双手捧起唐小秋的脸，很是爱怜地说：“真是个美人。”

吴羽纤的声音里透着寒冬一般的冷，我一声声地喊着吴羽纤的名字，她却仿若未闻，只是笑着欣赏唐小秋的脸，然后将目光转移到唐小秋凹凸有致的身体上，唐小秋一脸恐惧，脸色苍白，不住哆嗦地看着唐小秋。

“你就是用这张脸和这副好身材迷惑了宁远汐对不对？”吴羽纤笑着问唐小秋，说话的时候手指还划过唐小秋的脸，唐小秋神色紧张不敢回答，吴羽纤虽然笑着，可是那笑却是诡异的。

“告诉我，他喜欢你什么？爱你什么？”吴羽纤仍然笑着，好像蛊惑一般和唐小秋说话，唐小秋看着她眼中冒出的凶光，不敢回答。

“你不说我也知道，男人嘛，爱的不过就是女人的皮囊，不过我好奇的是，如果你的腿瘸了，宁远汐还会爱你吗？我倒想看看你们的爱情有多坚贞，我要亲眼看看你们这踩在我痛苦之上的爱情能不能地久天长？”

吴羽纤开始说话的时候，神色还是恨恨的，说到最后她的嘴角竟然扯出了诡异的笑容，只是那笑容仿若刀子一样，好像随时都能将人凌迟。

吴羽纤的话音刚落我和唐小秋就明白了她的意思，唐小秋惊恐地喊着不要，喊着求求你，不要，而我则一遍遍喊着吴羽纤的名字，可是无论我怎样喊都喊不回那个善良的无忧无虑的吴羽纤了。

在我和唐小秋的喊声中，吴羽纤带着她身后的小混混对着唐小秋拳打脚踢，还有人拿着手臂一般粗的棍子打着唐小秋的左腿。

我挣扎着想去救唐小秋，可是无论我怎样挣扎，那束缚我的绳子都在，我只能哭着喊吴羽纤的名字，让她不要这样，可是吴羽纤早已经打红了眼，根本听不到我痛苦的喊声。

而眼前唐小秋被暴打的一幕是我此生最恐怖的噩梦，我却只能眼睁睁地看着，想救人却什么都做不了，只能一声声地喊吴羽纤的名字，喊到声嘶力竭，喊到绝望，喊到我不再奢望吴羽纤会念及我们曾经的感情，喊出声声救命。

唐小秋也在喊着救命，在一群人的围攻下，她抱住头缩在地上，任由棍棒加身，任由他们将拳头和脚落到自己的身上，她痛苦地喊救命，不停地因为身体的痛楚惊呼出声，而吴羽纤就站在一边，看笑话一样看着曾经的姐妹被自己的兄弟们暴打。

唐小秋喊救命的声音渐渐弱了下去，她的嘴角开始溢血，人却陷入了昏迷之中，不管他们怎么拳打脚踢，她都没了声响。

“不要打了，求你们不要打了，你们把人打死了。”

“吴羽纤，打死她你会高兴很多吗？打死她宁远汐也不会爱你的。”

“吴羽纤，不要打了。”

我闭着眼睛不敢看眼前的一幕，那血淋淋的惨景我可能这辈子都忘不了，我哭着哀求，哀求吴羽纤，哀求这些小混混，哀求上天，希望他们能仁慈一点儿，不要要了唐小秋的性命。

救唐小秋的还是她自己，因为她昏迷了，没有了惊呼，没有了救命声，躺在地上的她像极了一个没有生命力的破布娃娃，除了脸上斑驳的血是流动的，她的身上再没有任何鲜活的气息。

这样的唐小秋吓坏了这些小混混，他们有些害怕地看着吴羽纤，吴羽纤看了眼躺在地上的唐小秋，蹲下身，嘴角依然带笑，眼中却已经有泪水流了出来，她哭着说我等着你和宁远汐白头偕老。

话说完的时候她的嘴角全是苦楚，说完之后她看了我一眼，欲言又止，转身就走，那些小混混也赶紧跟在她的身后离开，逃离一般。

我在空荡荡的老房子里大声地喊救命，我看着离我不远的唐小秋软软地躺在地上毫无生气，却什么都做不了，前所未有的无能为力的感觉让我几乎崩溃，可是我清楚此刻我该坚持的，只能是一声又一声地喊救命，救命。

我知道此刻能救唐小秋性命的只有我，而我唯一能做的就是高喊救命，让听到的人进来。

就在我声嘶力竭的时候，有人闯了进来，他为我松了绑，喊了救护车，然后送我和唐小秋上了救护车。

躺在救护车上的唐小秋脸色苍白，嘴角还带着血痕，好像睡着了一般的甜美。我握紧了唐小秋的手，一次次自我安慰，我告诉自己没事没事，唐小秋你肯定会没事的。

唐小秋被送进了急救室，我守在急救室外心底惶恐莫名，脑海中不断翻滚的都是吴羽纤的冷笑和那些小混混举起的棍子。

想到那一幕我就周身发冷，还好许柯宸来了，他见到我就着急地问：“小秋呢？唐小秋呢？”

见我指了指急救室，许柯宸转身就向急救室闯去，我见他莽撞，赶紧支撑着身体拖住许柯宸冲动的身体，高声说：“你别胡闹，她在里面抢救呢。”

“谁干的？告诉我谁干的，老子废了他。”许柯宸对着急救室叹了口气，就怒气冲冲地问我，看他的样子恨不得要将伤害唐小秋的人千刀万剐。

“顾桉桐，唐小秋为什么要送进急救室？她伤得很严重吗？伤到哪里了？”

许柯宸着急地连声问我，我想和他说，可是心底的慌乱都堆在了喉间，我很着急却什么话都说不出来。

我们终于等到了急救室开门，只是率先从里面走出来的大夫满脸的遗憾，他告诉我们其他的伤都很好处理，只有她的左腿可能好不了了。

大夫的话还没说完，许柯宸就红了脸，他拽着大夫的衣服高声问："你告诉我怎么回事，她的腿怎么就好不了了？她的腿为什么好不了了？你为什么不给她治好了，你是大夫。"

许柯宸很激动，激动得有些失态，他一遍遍质问着大夫，那大夫好像见惯了情绪失控的家属，只是低头在那里一直说着很抱歉，很遗憾之类的话语。

"行了，你别闹了，咱们先照顾好小秋，别的事情以后再说。"闻讯赶来的程子延见许柯宸对这大夫犯浑，赶紧上前拦住他。许柯宸有些颓败地松开了大夫的手，然后伤心地说了句："小秋醒来会伤心的。"

他说完话就蹲在了急救室的门口，满脸满眼全是伤心。

"这可怎么办，唐小秋如果知道了还不疯了呀。"乔冉也忍不住叹息道，站在乔冉身边的宁远汐则一句话都没说，只是安静地站着，眼神有些异样，只是当我看向他的时候他又迅速恢复了之前的样子。

此刻我们几个人最担心的是唐小秋醒来之后怎么办，一直爱美的她怎么能接受自己成了瘸子的事实？

唐小秋在昏睡了一个下午之后终于醒来，她醒来之后就本能地去摸自己的腿，当感觉到疼痛之后，她竟轻轻笑了。

她脸色苍白，但是却勉强挤出几分笑意说道："我还以为我这腿得废了呢，没事真好。"

唐小秋对我们说的是宽慰的话，可是她的话刚说完，守在她病床前的我们几个就都呆住了，不知道要怎么回应她的话。

“怎么了？”唐小秋看出了异常，很是担心地问道。

我们都沉默着，相互看着，我们都盼着有一个人能出来，告诉唐小秋真相，因为这是早晚的事情。

“小秋，告诉我，谁干的？”许柯宸率先开口，他选择了转移注意力。

唐小秋看着许柯宸，再看一眼脸有些变色的宁远汐，说道：“是吴羽纤。”

“小秋你等着，这次我非要她还你一条腿。”许柯宸说得义愤填膺，他现在满心都是为唐小秋报仇，可是他却忘了刚才我们竭力要隐瞒的事情。

唐小秋几乎不敢相信自己的耳朵，她紧紧盯着许柯宸，高声问他：“你刚才说什么？”

许柯宸见唐小秋激动异常，突然明白自己失言了，他摸了下头，坦诚说道：“那大夫说你的腿可能好不了了。”

许柯宸的话音刚落，唐小秋的哭声就在病房里传出，带着歇斯底里的绝望。

“我的腿……”唐小秋疯了一般，流着泪，绝望地抬起依然疼痛的腿。

唐小秋哭着看着宁远汐，宁远汐淡淡地看着她，很久才说了句：“别哭了。”

许柯宸见唐小秋不停地哭，忍不住走上前将唐小秋抱在了怀里，很郑重地说：“你等着，这仇我一定给你报。”

许柯宸说话的时候咬牙切齿的，眼里透出的寒光让我再一次想到吴羽纤，她的眼中也是这样，让人冷得心都寒了。

“不要，他们都是小混混，你……”唐小秋赶紧劝阻，那些小混混带给她的阴影让她依然心有余悸。

许柯宸伸手为唐小秋擦了下眼泪，说了句：“唐小秋，我许柯宸是个男人，自己喜欢的女人受了这么大的委屈，我怎么能不管不问，你等着。”

许柯宸说完话之后还瞪了一眼一直站在那里没说话的宁远汐，宁远汐被他盯得有些心虚，他慌乱地低下头装作在想事情，而许柯宸则转身离开，唐小秋在他身后的喊声他都置若罔闻。

“会出事的，这可怎么办？”唐小秋着急地看着围在病床前的我们，可是我们却都不知道要说什么话，许柯宸那样的性格，是劝不住的，再说唐小秋是他心里的宝贝，唐小秋受了委屈他怎么可能不为她出头。

“别担心了，许柯宸也是有自己的兄弟的，不会吃亏。”我轻声地安慰唐小秋，希望她能放心，可是我的心却不安起来。

许柯宸不是吃素的，吴羽纤现在已经是个小太妹了，她身后也跟着一群混混，不知道他们两人闹起来，会是谁胜谁负，可是作为他们的朋友，我不希望他们打起来，可是这是不可能的，在吴羽纤的人对着唐小秋拳打脚踢的时候就已经注定了许柯宸不会善罢甘休。

只是我想到了吴羽纤或者许柯宸会受伤，他们的打斗会染血，却没想到许柯宸会因此送命。

我听到这个消息是在唐小秋的病房里，唐小秋已经哭成了泪人，此刻她终于明白，许柯宸才是最爱她的那一个，因为许柯宸可以为了她豁出性命，只是唐小秋意识到这一点已经太晚。

唐小秋哭得晕了过去，我抓住那来报信的人，问他到底是怎么回事。

那人说着当日的场景，我脑海中全是淋漓的鲜血，而那个曾经善良纯真的吴羽纤也在我的脑海中染上了血色，我清楚之前那个每天都喊着要减肥的闪亮的吴羽纤再也回不来了。

在许柯宸的死讯传来之后，唐小秋的世界已经坍塌了，她疯了一样每天想着许柯宸的好，一次次和我说是她害死了许柯宸，我劝慰她，说许柯宸是爱她的，能为她做到这一步，是许柯宸心甘情愿的。

“我不知道以后要怎么办了。没了许柯宸护着，残了条腿，想想以后我都觉得绝望。”唐小秋说话的时候声音里全是惶恐和绝望，让人听了都觉得心疼。

我安慰她，说："现在已经是那个最糟糕的时候了，不可能再糟糕了，你要好起来，和宁远汐好好生活。"

"我……"说到宁远汐，唐小秋的神色又变了，她欲言又止，好像有什么难以启齿的事情。

"好好养病吧，先养好了再说。"我只能安慰她，希望她能快点好起来。

"你说的对，这已经是最坏的结果了，不可能再坏了。"唐小秋说话的时候脸上终于挤出了一抹微笑，只是那带着苦意的笑让人看了都觉得心疼。

可是我们对未来的预计总是过于乐观，就在我安慰了唐小秋的当天，我回到宿舍的时候就看到了乔冉苍白的脸。

"怎么了？"我担心地看着乔冉，乔冉看了我一眼，没说话，手却指着电脑屏幕，一脸的震惊。

我看向电脑，看到的竟然是唐小秋一副太妹的打扮，和许柯宸一起打人，她那恶毒的样子一点儿都不逊于我记忆中吴羽纤打唐小秋的时候。

"怎么……"我有些不敢相信自己的眼睛，我没有办法将温柔的唐小秋和电脑画面中的人联系到一起。

"是上大学之前的。"乔冉在我身后轻声地说话，我再看向电脑的画面，确实里面的唐小秋要比现在稚嫩。

“这是谁要彻底毁了唐小秋呀，如果让人知道了这些，那唐小秋直接不用上学了。”看着这样的画面，我有些气愤，唐小秋已经够可怜了，腿瘸了，喜欢自己的男生被打死了，现在还要曝光她之前的事情，赶尽杀绝也不过如此吧。

“肯定是吴羽纤做的，只有在道上混的人才会知道唐小秋之前的事。”乔冉很笃定地告诉我，我只觉得心底有一阵寒气升起。

“你有什么办法不让这些视频流传出去吗？”我问乔冉。

乔冉却摇着头告诉我：“晚了，只是一天，点击量过万，唐小秋的事情已经瞒不住了。”

乔冉的话音落地，我只觉得心底的绝望更重，只是我没想到当我将这个消息告诉唐小秋的时候，她竟然出奇的平静，脸上甚至带着淡淡的笑容。

“你傻了呀？怎么这个时候还笑得出来？”

“桐桐，还记得许柯宸找到我的时候我们在学校医务室的观察室说过很长时间的话吧？”唐小秋轻声问我，我点头，那天许柯宸帅气的出场我依然记忆犹新，只是没想到，短短一年多的时间，那个跋扈的帅气少年已经离我们而去。

“当时许柯宸叫我兄弟，就是我们在道上混的时候用的称呼，我不敢让你们知道，所以对你们撒了谎，那天我们在观察室也不过是讲条件，我告诉你许柯宸如果还想继续和我做朋友，就不能告诉你们我们之前的事情。”

唐小秋说话的时候竟然是淡淡地笑着的，这段时间她只要是回忆起与许柯宸的过往总是带着笑的。

我没有说话，只是安静地等着唐小秋再开口，唐小秋说：“许柯宸就是个傻子，因为喜欢我，我说一是一，说二是二，当年的事情他再也没有提起过。”

“你知道我为什么要隐瞒，为什么不再在道上混了吗？”唐小秋转过头来问我，我摇头，我不明白是什么事情让唐小秋放弃了之前的生活，安心地做个乖乖女。

唐小秋看着我，突然泪如雨下，她说：“这一切都是为了宁远汐。”

“我遇到宁远汐之后我就想着要做一个配得上他的女孩，所以我舍弃了之前的朋友，改变了原先的生活，只为能做一个配得上他的女生。为了能得到宁远汐，之前的事情我隐瞒了他，现在他已经知道了，他很生气，说我骗了他，骗了他的感情。”唐小秋突然哭出声来，不长的时间就哭得泣不成声。

“小秋，没事的，宁远汐会明白你的苦楚，知道你的努力，他不会嫌弃你的。”我赶紧安慰她，希望她不要这么伤心，可是唐小秋却哭着摇头，说他已经嫌弃我了，在我的腿残了之后他就总是躲着我，刚才他过来找我了，质问我为什么瞒着他，他说我让他感觉自己像个傻子。

“小秋，你说什么呢？”见唐小秋哭得有些崩溃，我心疼地将她抱在怀中。

“宁远汐已经看了那些视频了，他知道我过去做过太妹，他接受不了我的过去，他还指责我的欺骗。”唐小秋哭着说道。

我没有说话，其实我和唐小秋都心知肚明，宁远汐不能接受的不仅仅是唐小秋不堪的过往，他也接受不了唐小秋是个瘸子的事实，在医生断定唐小秋的腿再也无法好起来之后，他就没来过医院，好像躺在病床上的不是他曾经喜欢到骨子里的女孩。

“桐桐，宁远汐不要我了。”唐小秋崩溃地大哭，她哭的时候紧紧地抓住我，好像我是她最后的救命稻草。

“小秋，其实我早就想告诉你了，宁远汐太自私了，他想的只有自己，所以才会伤害了吴羽纤，伤害了你，所以一个人渣离开你，你应该庆幸。”我低声说话，唐小秋只是在我怀里哭着不住点头。

“可是我为了他什么都没了，没了许柯宸，没了吴羽纤，我……”

唐小秋说着又哭了起来，这段时间唐小秋变了一个人一样，她经常说起我们四个人在宿舍的场景，也经常说起许柯宸和她一起在道上混的场景，她说的时候神色都是愉悦的，那些美好的回忆是现在唯一能支撑着她的信念。

“小秋，一切都会好起来的。”我低声对唐小秋说，唐小秋笑着点头，可是又失落地流泪，她说许柯宸再也不会回来，吴羽纤再也不会回来了。

她的话说得伤感，也让我无言以对，是的，经历了这么多的风雨我们再也回不到从前了。

我没想到的是已经和唐小秋提出分手的宁远汐会选择彻底离开，离开这所大学，离开这个城市。他离开的时候留了一封信给唐小秋。

我将信交到唐小秋的手上，唐小秋却看都没看就扔进了垃圾桶，她看着垃圾桶里的信高声对我说：“现在我恨他，是他毁了我的生活。”

我没说话，因为我清楚毁了唐小秋生活的不仅仅是宁远汐一人，还有她自己。

我还是低估了宁远汐对唐小秋的影响，宁远汐离开之后，唐小秋就整天以泪洗面。

后来我才知道，唐小秋还是看了宁远汐留下的那封信，那封信中宁远汐说如果早知道是这样的结局，他宁愿两人从未相遇。

他彻底否定了他们的感情，他们之间的情动和欢乐都不及他自己重要，他说他被流言席卷，而这一切全是拜唐小秋所赐。

他撕毁了他们之间爱情最后的遮羞布，也撕裂了唐小秋对他最后的依恋。

现在的唐小秋说起宁远汐的时候只有愤恨，她恨那个薄情寡义的男人，而在想起许柯宸的时候，她更多的是怀念，怀念被他呵护的日子，怀念他们在混社会时候的快意恩仇。

CHAPTER 11
第十一章
别无期

宁远汐走后不久唐小秋就出院了，只是她再也没有回到学校，更没有回到她心心念念给了她无数欢快记忆的宿舍。

没了唐小秋，没了吴羽纤，宿舍里只剩下我和乔冉，我们两人除了回忆之前四个人的美好时光，更多的是沉默。

我们都很怀念那曾经美好的过往，也都很清楚我们再也回不去了。

在我们的生活中唯一不变的是程子延，即使我已经拒绝了他，他都依然痴心不改，以朋友的身份守护在我的身边。

他依然约我和乔冉参加他们外国语学院的英语交流会，依然会陪着我在思源湖畔说话，只是我再也听不到他与乔冉用英语斗嘴。

就在这样流水一般的日子里，我们迎来了大四，乔冉却要离开了。

她选择了离学校很远的地方实习，我几次问她为什么要选择那么远的地方，她都没有回答，只是淡淡地笑着。

我总感觉她挺怪的，尤其是离开这里，我隐约能感觉出她心底的迫不及待，她好像要逃离一般，可是我实在想不出她要逃离什么。

想到乔冉离开之后，宿舍就剩下我一个人，我就很失落，每次我和乔冉说起以后的冷清，她也只是叹息一声，不再说话。

我和程子延送乔冉到车站，看着来往的人流，乔冉说想和我单独聊聊。

程子延怀疑地看着乔冉，乔冉却笑着说："放心，我还能把桐桐带走不成。"

程子延转身走向了别处，乔冉有些不舍地看着程子延的背影，冷冷地说了一句："顾桉桐，我毁了你的脸，你抢了我喜欢的人，咱们两清了。"

我不敢相信自己的耳朵，我震惊地看着乔冉，脑海中却一遍遍响着她说的话，她说她毁了我的脸。

"乔冉，你胡说什么？"我怎么都不敢相信，竟然是乔冉毁了我的脸，我本能地排斥脑海中泛出的画面，我更希望乔冉能告诉我她是开玩笑的。

可是乔冉冷笑地看着我，说："你不用装得这样无辜，就是我毁了你的脸。"

我几乎不敢相信面前的女生就是乔冉，此刻她脸上的冷是乔冉脸上从来都不曾有过的，她虽然说话很刻薄，却一直都是笑眯眯地和我说话。

那日在酒吧的场景再次在我脑海中泛起，吴羽纤握着刀的手已经被乔冉牢牢控制，所以当时划向我的刀刃并不是因为吴羽纤的挣扎，而是乔冉故意为之。那日的刀锋好像突然跨过了时间的河流直击我的心底，从心底发出的疼痛几乎让我窒息。

“为什么？咱们是好朋友，我的脸毁了，对你有什么好？”我从震惊中回过神来，心底全是疑惑，我不明白乔冉为什么会这样恨我。

“为什么？咱们是好朋友，为什么你要抢我喜欢的男生？”乔冉一脸的恨意，她看着我再也没有了之前的和善，我的心底一阵阵发凉却也明白，原来她一直喜欢着程子延。

“我没有，我从来都没有……”我赶紧解释，我一直将程子延当成哥们，从来都没想过要让他成为我的男朋友，当然我一直都不清楚原来乔冉喜欢的竟然是程子延。

想到乔冉看着程子延为我做的一切，我的心也好像被揪了起来，我呆呆地看着乔冉，很久才问了一句：“你为什么不告诉我？”

“告诉你又怎样，程子延就不喜欢你了吗？还是你就能从他的心里走出来？顾桉桐，你不要表现得这么无辜，你应该清楚我为什么要去参加英语交流会，因为在那里能见到程子延。你应该明白我拼命地学英语就是为了和他有共同语言，只是我没想到他竟然会主动和你成为朋友，更没想到他会喜欢上你，如果早知道这一切，我不会带你去参加英语交流会，我不会。我本来美好的一切，都被你毁了，你知道不知道？”乔冉愤怒地喊着，眼中有泪水滑落。

“我……”我想解释，可是我能说出的话也只有一句，“我不知道。”

我不知道乔冉为什么喜欢参加外国语学院的英语交流会，不知道她为什么发疯一样地学英语，更不知道乔冉喜欢着程子延，就连程子延对我的心意，也是在婆婆离世之后我才知道的。

乔冉看着我，脸上全是嘲讽，她安静地看着我脸上的伤疤，笑着说：“我以为你变成了丑八怪他就不喜欢你了，可是我没想到他竟然还是傻傻地喜欢着你。”

我摸着脸上的伤疤，心底千言万语都再也说不出来，我从来都没想过原来在很久之前我珍惜的友谊已经支离破碎。

“乔冉，你可以不告诉我，咱们……”我想对乔冉说，只要她不告诉我真相，我就不会怀疑我们之间的感情，我们还可以继续下去，那样我就不会像现在一样绝望。

“顾桉桐，我只是也想让你尝尝被友情背叛的滋味，怎么样，不错吧？”乔冉说出这些狠毒话语的时候，眼中都带着泪。

我不知道还能说些什么。如果是让我尝尝被友情背叛的滋味，那么她成功了，我现在心比黄连都要苦。

“顾桉桐，我们两不相欠，从此相逢陌路。”乔冉看着我，再次绝情地开口，说完话之后她拖着行李箱就上了车，连回头看我一眼都不曾。

我看着乔冉毅然决然的背影，眼底的泪水再也控制不住地落下，温热的液体划过那道丑陋的疤痕，我却连疼痛都感觉不到。

那辆载着乔冉的车驶去之后，程子延才回来，他看着形单影只的我哭成了泪人，他拍着我的肩膀说："别哭了，不管她走多远，你们都是好朋友。"

我哭得更厉害，程子延以为我是为了乔冉的离去悲伤，我确实是在为乔冉哭泣，只是我的眼泪更多的是为我们那逝去了的友情。

因为我清楚，即使她在我的身边，我们的友情都已经一去不返。

乔冉说我们再次相逢陌路，可是我更清楚我们不会再相逢，这是一场注定了不会再见的别离。

不仅仅是乔冉、唐小秋、吴羽纤，还有我们那些曾经快乐幸福的过往，我终究是要与他们道别了，而且经历了这么多人世的浮沉，我们已经再也回不到过去，那些曾经充盈着我青春时光的人和事正在渐渐淡出我的生命。

我没想到宋惜薇能在思源湖畔找到我，时光蹉跎，物是人非，只有嚣张骄傲的宋惜薇还是我初次见她时候的样子，依然是那样精致美丽，只是她的脸也憔悴了许多，即使是涂了厚厚的脂粉都遮挡不住她神色间的疲惫。

"顾桉桐，把你的瓷器从冷司轶家拿走吧。"宋惜薇依然是命令的语气，神色依然嚣张。

“为什么？”我不解地看着宋惜薇，不知道几件瓷器怎么就惹得她这样的不高兴。

“你是故意的是不是，留下那瓷器，让冷司轶想着你，念着你。”宋惜薇恶狠狠的话语落到我的耳中，却让我的心中升起点点的暖意。

能让宋惜薇这样生气，冷司轶必定是很爱惜那些瓷器的，他本来就是喜欢瓷器的人，对那瓷器多些用心也是情理之中，但是想到冷司轶珍视那些瓷器，我心底还是有些激动，有些感动。

明明曾经告诉过自己再也不要去在意冷司轶的言行，但是当宋惜薇带着恼怒让我带走那些瓷器的时候，我心里竟然还是激动的，因为冷司轶的举动让我隐约觉得在他的心中我还有一丁点的地位。

见我不说话，宋惜薇更认定了是我故意的，她的怒火更盛，冲着我大喊：“如果你不拿回来，我会把它们砸了，因为我很快就是冷家的女主人了，我们要订婚了。”

宋惜薇的话将我心底升起的微光彻底浇灭，即使在冷司轶的心中有那么丁点的不同又有什么用，他还是要选择宋惜薇，选择世俗眼中的合适。

宋惜薇盯着我，神色却是飘忽的，我明白她刚才说的都是狠话，如果她真能将那些瓷器砸掉，就不会来找我了。

“我会去取回瓷器的。”我想看宋惜薇发狂的样子，我不想将瓷器取回，因为那对它们来说是个很好的归宿，但是我还是答应了宋惜薇，因为我清楚这是我和冷司轶唯一的交集了。

就要毕业了，毕业之后我们终将天各一方，即使有这个交集，可能都没有机会见他一面了，对于能见到冷司轶的机会，我不想错过。

我不知道该怎样面对冷司轶，最后只能硬着头皮去了冷司轶的家，冷司轶的家依然冰冷，却比我第一次来的时候多出了几抹温馨。冷司轶就坐在我第一次来他家时他坐的那个椅子上，他看向我的时候神色复杂，而我在看到他的那一瞬间差点哭出来。

在漫长的没有见面的时光里，我自欺欺人地以为已经将他忘记，可是在看到他的那一瞬间我才明白，在这些日子里我没有一刻能将他遗忘。他的眉眼神情、他的安静慵懒早已经刻进了我的记忆，而现在的见面不过是与我记忆中的他重逢而已。

“你来干什么？”冷司轶的话带着疏离和冷漠，说话的时候他的手竟然紧紧地攥了起来。

“我来拿回瓷器。”我指了指那精致橱窗中的瓷器，尽量克制住我激动的情绪。

“不行，你已经给我了。”冷司轶很果断地拒绝，冰冷的脸上又覆上一层寒冰。

我看了眼霸道的冷司轶，转身就向着橱窗走去，边走边说：“我只是拿回我的东西，你不要太霸道了。”

话音落地，我已经走到了橱窗边，我伸手就打开了橱窗的门，就在我的手触碰到那久违的瓷器时，冷司铁一个箭步冲了上来，他使劲抓住了我的手让我无法动弹。

我看着他染了几分薄怒的眼睛，伸出了另一只手：“冷司铁，你这样有意思吗？我是送给你了，但是现在我要收回，不可以吗？”

冷司铁伸手挡住我伸出去的手，身体却失了平衡，肩膀碰到了橱窗上，刚才我要拿住的那个瓷瓶因为橱窗的摇晃落到了地上。

瓷瓶碎裂的声音，仿若针一般扎进了我的心头，让我没有了坚持下去的力气，我的手刚垂下来，冷司铁就蹲下了身子，他伸手就去拿那碎裂的瓷片，他的手颤抖着，刚捡起了两块，那碎瓷片上就染上了点点红梅。

他的手被瓷片划伤了，当我意识到这一点的时候，我的心疼得无法呼吸，我蹲下身，抓住他受伤的手，想看看他伤得重不重。

他的手冰凉，纤细嫩白的中指上赫然一道红色伤口，正往外溢着血，就在我发愣的时候，冷司铁却猛地抓住了我的手，那冰冷的温度瞬间就袭遍我的全身。

我本能地想缩回手来，可是冷司铁不顾自己的手正在流血，只是将我的手紧紧攥住，无论我怎么挣都挣脱不了。

我抬头看向冷司铁，他的眼中全是哀伤，那浓烈的哀伤瞬间就将我的理智席卷，我忘了自己要做什么，只是呆呆地看着他。

最后还是冷司轶的声音唤回了我的神智，他的声音很低，却带着浓重的伤感，他说：“毕业之后，我们就再也不会见面了，你将这些瓷器留给我，让我当成回忆吧。”

我从来没有见过冷司轶这样的伤心，也从来没有见过他这样的哀求，这样的冷司轶是我不熟悉的，也是我无法拒绝的。

我从来没想到冷司轶会和我说出这样的话来，我震惊地看着他，心底全是不解，我从来没想到自己在冷司轶的心中竟然有一个小小的位置，也从来没想到冷司轶早已经将我放到了回忆里。

我不甘心只做冷司轶的回忆，所以我大声地问他：“为什么？为什么我只配活在你的回忆里？”

冷司轶没有回答，只是眼中的哀伤火一样灼伤了我的心，因为冷司轶一句话唤起的我心底的不甘也终于渐渐淡去，能在他的回忆中占有一席之地，于我，也许是幸福的。

“冷司轶，我知道我配不上你，以前配不上，现在脸上多了道伤疤更配不上你了，我从来都没有奢望过我们能在一起，只是我想问你个问题，你曾经有没有那么一点点喜欢我？”我鼓足了勇气才将心底的话问了出来，我想知道我痴恋一场有没有在他的心里留下丁点的回忆，我想知道我那卑微的被别人嘲讽的喜欢是不是一厢情愿。

我盯着冷司轶的脸，生怕他回避这个问题，因为我最后的勇气都用来问这个我最想知道答案的问题了。

冷司轶显然没想到我会问出这样的话，但是我的话语刚落，冷司轶整个人都崩溃了，他突然跌坐地上，眼中哀伤连绵，全然没有了之前的高贵冷傲，他眼中的泪水簌簌落下，那哀伤的样子让我都不由得心疼。

我想再开口可是冷司轶却显然已经不想给我开口的机会，他伸手猛地将我抱在怀中，失控地说："顾桉桐，你可能都不会想到，我喜欢你，我喜欢你不是一点点，是很多。"

冷司轶的话让我愣住，我抬头看着他满是伤痛的脸，心底一片欣喜，冷司轶看看我，又说："我一直冷清，很少有人能走进我的心里。我曾经以为我不会爱上任何人，可是你走进了我的世界，你和我的猫嬉闹，你踩过我的脚，你给我做饭，偷偷地跟踪我，我都不知道什么时候开始，你已经住进了我的心里，是你让我不想再继续冷下去，你就是暖阳，将冰块一样的我给融化了。遇到了你我才知道，原来我和正常人一样，也有喜怒哀乐，也会爱上一个人。"

冷司轶说话的时候将我抱得很紧很紧，好像要融进他的身体里一般，我沉溺在他霸道的怀抱中，心底全是暖阳。

我从来没有想过冷司轶会是喜欢我的，想到被冷司轶这样喜欢着，我心底那名为幸福的小花朵朵绽放。

"可是，顾桉桐，我们不可能。"就在我徜徉在幸福中的时候，冷司轶的话惊雷一样将我惊醒。我不敢相信自己的耳朵，我盯着冷司轶问："你说什么？"

"我们不可能的。"冷司轶放开了抱着我的手，看向我的时候眼中全是悲伤，我不明白这喧天的悲伤从何而来，我上前一步，想再次投入冷司轶的怀中，可是冷司轶却满脸痛苦地将我推开，然后拽着我到了门口，他看我一眼，然后将我推出门。

他的家门在我面前关上了，我用很长时间才明白到底发生了什么，冷司轶向我袒露了自己的内心却又将我拒之门外。

他甚至没有给我一个将我拒绝的理由，只是一个不可能。

可是仅仅是一个不可能我怎么能甘心？我需要一个光明正大的理由，一个我拒绝不了的理由。

如果冷司轶不喜欢我可能什么都不需要就会黯然离开，可是冷司轶是喜欢我的，那么他又为什么不将我留下来。

我敲着冷司轶家的房门，轻声地喊他的名字："冷司轶，你放我进去。"

"冷司轶，我是顾桉桐，你既然喜欢我，为什么还要将我拒之门外？"

"冷司轶，你总得给我一个让我信服的理由吧？冷司轶……"

我一遍遍喊着冷司轶的名字，我一遍遍敲打着他家的房门，我希望冷司轶能给我一个理由，一个我们不可能在一起的理由。

可是房门始终紧闭，我喊到声嘶力竭，房门都依然闭着。

我知道这是冷司轶打定了主意不见我，他做了决定的事情，怕是九头牛都拉不回来。

可是我不甘心，我明明已经见到了爱情的曙光，可是爱情还是关上了门。

那天我在冷司轶家门口待到很晚很晚，那紧闭的门始终没有打开，我终于没了坚持下去的力气。当我跌跌撞撞走出很远之后，我忍不住回头看向冷司轶家的那栋别墅，专属于冷司轶的房间里有朦胧的灯光，而在窗口处站着一个人影。

那个人是我心心念念的冷司轶，他应该正盯着我离开的方向。

原来我们只能这样遥遥相望，却无法相守，这就是我们的爱情。

后来，我用了很长时间来寻找冷司轶拒绝的理由，最终能让我接受的也就是世俗，在世俗的眼中我们隔了太远，他在金字塔的顶端，而我只是一个普通女孩，我不该做变成公主的美梦。

从那天之后我再也没有去找过冷司轶，因为我清楚只要是冷司轶决定的事情，不管我用什么方法他都会将我拒之门外，与其到时候伤心不如躲得远远的，继续我偷偷地喜欢。

就在我因为冷司轶喜欢我而重燃希望的时候，宋惜薇来了，她依然高傲地笑着，看向神色憔悴的我。

“你来做什么？”我不喜欢这个可能会与冷司轶结婚的女人，而她也不喜欢我，每次看我的时候都是一副高高在上的女王架势。

“我真是低估了你的能力，这几天冷司轶很不开心。”宋惜薇看着我，缓缓说道。

我看向宋惜薇，心底的喜悦和担忧一起涌上来，可是宋惜薇却一脸冰冷地看着我，嘴角带着若有似无的笑。

“你来做什么？”我盯着宋惜薇再次问道。

“来看癞蛤蟆想吃天鹅肉又吃不到的原因呀，你肯定想知道是不是？”宋惜薇弯下身来，眼中全是愤恨的光，我看着她那精致的脸，心底全是不解。

“顾桉桐，我之前就提醒过你的，不要去喜欢冷司轶，你喜欢不起，你们也不可能在一起的。”宋惜薇依然女王一样对我说话，语气里都带着鄙夷。

“你倒是喜欢得起，那又有什么用，冷司轶不喜欢你。”我不喜欢宋惜薇说话的语气，而冷司轶对我的感情让我可以理直气壮地和宋惜薇说话。

“喜欢又怎么样，这个世界上不是喜欢就可以在一起的，尤其是你和冷司轶。”宋惜薇显然对我的挑衅很是不屑。

“宋惜薇你别得意了，我们肯定会在一起的，我喜欢他，他也喜欢我，你是羡慕嫉妒了才说出这样的话来。”我见宋惜薇一脸的得意，忍不住说道。

“我也很希望你们在一起，我想看看等你知道自己的公公婆婆害死了自己的爸妈之后那精彩的反应。”宋惜薇见我一脸的恼火，竟然笑了，敛却笑容后，她才悠悠地对我说话。

我心底所有的得意和理直气壮在听到宋惜薇说出这几句话之后僵在了脸上，我看着宋惜薇，很久都没有反应过来。

“你胡说什么？我的父母是工厂爆炸才去世的，和冷司轶的父母有什么关系，他的父母一直都在国外，怎么会……”我本能地反驳，可是我越说越觉得心虚，心底有连绵的哀痛泛起。

在婆婆去世之后我曾经千方百计地寻找过父母的死因，只是物是人非，我找到的人给我的答案也就是二硫化碳泄露，我的父母不幸身亡，当时工厂爆炸的原因是工人操作不当，而负责操作的就是我的父亲。

我还记得当时父亲的工友和我说过，工厂没有追究你父亲的失职，没有让我们家赔偿损失已经是老板仁善了。

因为那工友的话，我放弃了寻找，只是领回了父母的骨灰，将他们安葬。

只是我没想到，就在今天，宋惜薇竟然提起了我去世的父母，而且她说我父母的去世和冷司轶的父母有关系。

怎么可能？这个世界这么大，怎么就偏偏是冷司轶的父母。

再说我父亲是操作不当，我怨不得冷司轶的父母。

所以在面对宋惜薇的时候，我依然是理直气壮的，我说："你不要挑拨了，我父母是因为工作的时候操作不当去世的，工厂没有追究我父亲造成的损失，所以我很感激那个厂子的老板，如果那老板真是冷司轶的父母，那我算是找到感谢的人了。"

"顾桉桐，你刚才说话的时候心虚了，我看得出来，你也是有怀疑的，是不是？"宋惜薇好像没有听到我后来说的话，只是笑着问我。

我不敢回答，因为宋惜薇说对了，虽然我只是了解了当年事情的皮毛，但是我是学化学的，二硫化碳泄露如果致人死亡，那只有一个原因，就是安全措施不到位，只是找不到真相的我一直自欺欺人罢了。

尤其是看到宋惜薇那笃定的样子，让我觉得真相肯定会特别的残酷。

宋惜薇的脸上依然全是笑容，她缓缓走近我，蹲下身看着我，很认真地对我说："冷司轶的父母虽然人在国外，但是国内有十四家化工厂，其中有一家就是你父母曾经工作过的巨鑫化工厂。"

宋惜薇的话还没说完我的心就颤抖不已，我的父母去世前上班的地方确实是巨鑫化工厂。

宋惜薇看到了我苍白的脸色，神色中的得意更重，她说："知道冷司轶家的化工厂为什么都要开在偏远的山区吗？因为那里对安全的监管不会特别严，只有监管不严他们才可以用一些不符合标准的安全保护设施，你也是知道的，现在的安全保护设施很值钱的，只有省钱才能有更大的利润空间，商人逐利，自古皆然。”宋惜薇的脸上依然带着笑，只是那笑却好像刀子一样，轻而易举地就将我的心掏空了。

宋惜薇的话还没说完，我的眼泪就落了下来，我想过父母枉死的可能，可是当宋惜薇将这真相说出来的时候，我还是没有办法接受，尤其是他们枉死还要背上操作失误的过错，如果他们泉下有知，怕连瞑目都难。

我的脑海中全是父母慈爱的样子，他们对着我笑，却又无奈地流泪，我痛苦地闭上眼睛，不愿想脑海中的一切，可是恨意，还是顺着我的眼泪流淌了下来。

我什么都不敢想了，我只知道如果真如宋惜薇所说，如果我父母的死缘于冷司轶的父母，那我和他之间应该有刻骨的仇恨，那样的我们，又该如何自处？

冷司轶那满是痛楚的脸，那绝望的我们之间不可能的话语，让我清楚宋惜薇说的是真的。

“顾桉桐，你还想让我继续说下去吗？”宋惜薇的脸上依然带着笑，看向我的时候无比温和，可是却轻易就击溃了我的理智。

我看着宋惜薇那张美丽的脸，眼泪再也忍不住落了下来，这也许就是我癞蛤蟆想吃天鹅肉的惩罚，我不应该对冷司轶抱有奢望，不然我现在也不用这样伤心，更不用这样恨他。

是的，我恨冷司轶，恨他的父母，因为是他们让我成为了没有父母的孩子。

可是，我也爱冷司轶，那个冰冷的男生，那个周身都被寂寞弥漫的男生。我一直想靠近他温暖他，可是他却与我有着刻骨的仇恨。

“顾桉桐，你说，如果你真的跟冷司轶在一起了，你的父母还能安息吗？你到时候该以什么样的心情带着你的男朋友去给你的父母上坟？”宋惜薇的话说得平和，却一针见血，直刺我心底最柔软的角落。

宋惜薇的几句话将我打入绝望的深渊，她说的对，如果我真的和冷司轶在一起，那我的心会永远不得安宁，不孝的罪名会永远地刻在我的心头，我不能置父母的枉死于不顾，和仇人的儿子恩爱缠绵。

我现在才明白，原来我们之间的距离从来都不是世俗，而是鲜活的生命。

“我不相信，我不信，你骗我的对不对？”虽然已经知道宋惜薇说的是真的，但是我心里还是有一点点的希望，只要没有证据，一切就都不是真的不是吗？每年都有那么多的事故发生，说不定是巧合呀。

“冷司轶早就知道了，所以他才不敢接受你，不然……”宋惜薇的嘴角扯出一抹苦笑，她比谁都清楚冷司轶的心里住了一个人，即使有这样的怨仇他都久久不愿放下。

我眼中只剩下了泪水，我不知道是为谁而流，为我那冤死的父母，为那个我仰望的男生，或者说是为我自己，为我这段卑微却无奈的爱情。

宋惜薇却不想就这样善罢甘休，她拿出了一摞纸，里面有冷司轶父母注册的公司的证明，有当年处理整件事情的人写下的总结报告，还有一份死亡名单，那份名单上，我的父亲和母亲并排在一起，安静地躺在我的面前。

泪水已经拯救不了我心底那万分之一的期盼，我那颗少女的爱慕之心在看到死亡名单的那个瞬间彻底死去。

宋惜薇得意地离开了，在我哭得泣不成声的时候。

她将我留在了思源湖畔，我再一次陷入了迷茫之中，不知道前路在哪里，不知道自己要做什么，只是不停地流着眼泪，为时隔多年终于明了的我父母的死，为我那还未开始就夭亡了的爱情。

我哭到力竭，昏睡在思源湖畔。

第二天，太阳照常升起，湖水依然澄澈，可是我和昨天已然不同，我用一夜的时间将那个男生尘封在心底，因为我和冷司轶一样，我没有那么大的勇气去跨越这生死的怨恨。

所以我和冷司轶之间再无可能，即使两人心底都有着那么浓重的喜欢。

宋惜薇走后我仿佛陷入无尽的寒冬里。

我只知道我和冷司轶再无可能。

我只知道我的父母的枉死不能善罢甘休。

我只知道我得继续属于我的生活。

可是我的生活应该是什么样子？我都不知道了。

程子延再也没说过我俩在一起的话，却始终不离不弃地陪着我。

有这样的一个朋友我很感动，有这样的一个思慕者我也很为难。

一天程子延来找我，神色比之前都要凝重很多。

他坐在我的面前，几次欲言又止。

“你还有什么话不能和我说吗？”我忍不住开口问道。

程子延没有说话，却拿出了一张银行卡，黑色的，闪着金光。

他将那银行卡推到我的面前，说：“冷司轶给的。”

我正要开口，程子延将另一张卡片递到了我的手上，那名片上写着一个名字，头衔是整形专家。

我不解地看着程子延。

程子延清了清嗓子，才说道：“是冷司轶让我给你的，他让你去找这个专家，他已经联系好了，她能治好你的脸，这卡里的钱是治疗费用。”

我愣住，我以为和冷司轶再无交集了，却没想到他还会为我做这些事情，如果是之前我可能会欣喜若狂，只是现在有了我父母的死亡横亘在心底，我连之前对他那卑微的喜欢都没有了。

“他说让我代替他好好照顾你。”说这句话的时候，程子延低着头，我看不清他的脸，但是我的脸上却哀伤连绵。

不可能就是不可能了，哪里有什么替代，如果投入感情的两个人都可以替代的话，那哪里还有不圆满。

我和冷司轶注定了不会圆满，也无需任何替代。

我将银行卡和大夫的名片都递给程子延，让他还给冷司轶。

因为只有这样，才是再无交集。

不，或许在回忆中我们还会重逢。

回忆也许是我们唯一能够重逢的所在了。

程子延对我不错，冷司轶也希望他能替代自己照顾我，可是我还是没有做程子延的女朋友。

这几年，经历了太多的事情，心早已沧桑，早已经没有了那甘愿为爱舍弃一切、卑微努力的豪情。

大学毕业，我带着父母和婆婆的遗像回到乡下我出生的地方，在那里做了一名普通的乡村教师。

没有了功名爱恨，没有了生死痴缠，我的日子过得平静如水。

我喜欢看孩子们那纯真的笑容，喜欢看他们愉快地嬉戏，我喜欢他们那没有烦恼的幸福。

没有课的时候，我会走上乡间田埂，这远离了钢筋混凝土的淳朴世界多的是稻花飘香，草长莺飞。

而我，也会经常想起那些年生生死死的青春，还有那些一别无期的朋友。

……

爱是一场阴差阳错——吴羽纤独白

此刻，我一个人，站在这个城市最高楼的楼顶上，俯视着万家灯火，那温暖又温馨的灯光利刃一样切割着我的心。

那些我再也触摸不到的温馨曾经是我的理想，我当时最大的愿望也不过是嫁给心爱的男子，和他生一个孩子，然后柴米油盐，幸福一生。

就是这样简单，没有轰轰烈烈，没有生生死死，和朋友把酒言欢，和心爱的人抵死缠绵。

可是现在的我和那样的日子隔着千山万水，那已经是我耗尽心神都达不到的彼岸，而我离他们曾那么近，近得触手可及，却还是擦肩而过……

很多年前，我曾以为我是这个世界上最幸福的公主，时隔多年我依然记得我胖嘟嘟的穿着白色的公主裙在父母面前跳舞，他们脸上那幸福满足的笑容至今都是我最温暖的回忆。那时候我有父母的疼爱，有美好的未来，我一直以为幸福会继续下去，会有白马王子从我父亲手中接过我的手，许我一世幸福，但是这个美丽的公主梦在我十二岁那年被现实击得粉碎。

我的父母离婚了，当我知道这个消息的时候我的世界都塌了，我找到妈妈，问她为什么，妈妈哭着说爸爸不爱我们了，我问为什么，妈妈说因为她是个胖子，爸爸喜欢更年轻更苗条的女人。

我不相信我的爸爸会是个以貌取人的人，但是仅仅半年的时间他就娶了美丽苗条的年轻女子，他让我叫她阿姨，可是看着她那曼妙的身姿，我喊出来的竟然是我恨她，因为是她用身材做利器抢夺了我的幸福。

我恨那个阿姨，却渴望长得像她一样苗条，在我的心底已经认定只有瘦的人才会永远幸福，可是事与愿违，我长得越来越胖，脸上的五官都被肥肉霸占，腰和屁股更是连到了一起，渐渐隆起的肚子让我像极了一个孕妇。

我能感觉到周围人看我的眼神都变了，连我的爸爸对我都没有了之前的喜欢，而班里的男同学，每次我出现都能听到他们低声的议论，大妈、大婶之类的称呼让我崩溃，可是我还是会笑着对他们，即使是个胖子，我也想做个快乐的胖子，一个能握住自己幸福的胖子。

虽然我收获最多的是别人不屑的目光，但是我却依然坚持。

学校的运动会，班里所有的女生都避之唯恐不及，我更不例外，因为运动会上任何一个项目都能让我丢丑。

班主任最后没了办法，让班里所有的女生抽签来决定参加运动会的人员和项目，我不幸命中。

800米。

是我好多年都不曾跑过的距离了，可是班级的荣誉不允许出现一个跑道上的逃兵，我只能硬着头皮上了跑道。

结果可想而知，仅仅一百多米之后，我就成了落到最后的笑话，看着那离我越来越远的飞一样的女同学，我的心底只盼耳边能响起加油声，鼓励我跑到终点，不管结果如何。

可是我等来的只有嘲笑，有男生甚至在围观人群中吹起了口哨，我还听到有人高喊："跑道上的球状物，你滚过去要比跑过去快呀。"

那声音落下之后，周围的嬉笑声更大，听着他们滚呀滚的话语，我只想逃离，什么班级荣誉个人荣辱这些对我而言都不及此刻我的困窘。就在我停下奔跑的脚步时，我听到耳边传来一声："加油。"

那温柔的声音不大，却是一股强大的暖流，他霸道地将我从寒冬带入暖春，让我浑身又充满了力量。

我感激地看向那声音发出的地方，竟然是那样好看的一个男生，只一袭纯白衬衫，简单的牛仔裤就成功地鹤立鸡群，将周围那些吹着口哨，胡言乱语的男生衬得愈发粗俗。

我看到他对着我笑，那温和的笑容让我差点忍不住落泪，他对着我高声喊："加油。"

只是一声简单的加油，却让我周身都充满了力量，我咬着牙跑了起来，虽然终点漫漫，虽然那嘲笑声依然此起彼伏，我心底却已经注入了坚持下去的力量。

可能是我落后却依然坚持的精神，可能是我挥汗如雨却仍不放弃的意志感动了远处广播站的老师，广播里竟然出现了我的名字，广播里还说，只要我坚持到底，我就是他们心中的英雄。

我不在乎成为别人的英雄，我只想让他知道我也是个优秀的女孩。

我终于跑到了终点，在周围人的欢呼声中，我回头望向他所在的那个地方，却早已经不见他的踪影。

运动会之后我再也找不到那个英俊又闪亮的他了，他好像神仙一般在我最无助的时候给我力量，在我坚持下来之后却人间蒸发。

我从来都不知道一个人可以影响我到这样的地步，找不到他让我心情郁结，茶饭不思。

就在我要绝望的时候，我在学校的宣传橱窗中看到了他的照片，他英俊的模样、温和的笑容将我的心都软化了，我好不容易才控制住心头的激动，然后记下那个让我刻骨铭心的名字：宁远汐。

我兴高采烈地去找宁远汐，却没想到他一脸陌生地看着我，好像那天运动会的事情从未发生。

“你不记得我了？”我有些失望地看着宁远汐，宁远汐一脸茫然地点头。

我有些失望，但是随即就兴奋起来，因为那天我在跑道上的表现实在不好，与其让他记住我狼狈不堪的一面，我更愿意让他见到现在已经精心打扮了的我。

“那咱们重新认识吧，我叫吴羽纤，我喜欢你。”我直白的告白让宁远汐有些吃惊。

他盯着我看了很久，很无情地告诉我：“我不喜欢你。”

他拒绝了我，可是我仍然很高兴，因为他的直率，这样的男生不会用花言巧语骗人，他不答应一个陌生女生的爱情说明他不随便。

宁远汐在我心里做什么都是好的，做什么都是对的，也许这就是爱情。

我爱上了宁远汐，无法自拔，只是我在他的眼中却如恐龙怪兽一般让他避之唯恐不及。

我相信宁远汐会喜欢我，因为他不在乎我的肥胖，不然那天运动会他也不会对我喊加油，所以我相信我最终能收获爱情，我和宁远汐肯定会幸福。

我开始不遗余力地追求宁远汐，我给他买早餐，送他衣服，送他名表，在我的心里宁远汐值得最好的东西相配。

在我的努力下，宁远汐终于不再将我视为洪水猛兽，他开始和我聊天，像普通朋友那般，这转变让我清楚，我离幸福更近了一步。

我将自己的所有秘密，所有故事都说给宁远汐听，每次说到自己的胖，宁远汐都会告诉我，我这样胖乎乎的挺可爱的。

因为宁远汐的一句胖乎乎的挺可爱的，我放弃了坚持半个多月的减肥，因为宁远汐不在乎，我又何苦这样自苦，我只要做宁远汐心中那个胖乎乎的可爱的女生就好了。

和宁远汐聊天的时候，我曾描摹过我们的未来，会有一个温暖温馨的家，会有一个可爱的孩子，而说到这里的时候，宁远汐的脸上却全是失落，他说他家世平凡，怕是找不到一个好的工作，没有好的未来。

“有我呀，我爸爸是X大的校长，给女婿安排一个好的工作，那还不是顺手的事情。”我劝慰宁远汐道，这也是我第一次觉得有一个做校长的爸爸挺好的，最起码可以保障我们美好的未来。

说完话之后我看到了宁远汐嘴角的笑，那笑容月光一样美好。

“如果你愿意经商也没问题的，我妈妈就是做生意的，她是巨力集团的董事长。”我将自己的家世毫无保留地告诉宁远汐，只为他不要忧虑我们的未来。

宁远汐笑了，他拍着我的头说：“傻丫头。”

我不知道他为什么说我是傻丫头，但是那淡淡的宠溺像极了男生对自己心爱的女朋友。

我僵住，呆呆地看着宁远汐那温柔好看的笑容，宁远汐不解地看着我，问我怎么了。

“你再拍我一下吧。”我请求道，因为那宠溺的感觉太好，我喜欢做他眼中那个傻傻的丫头。

“我觉得你刚才一边说我是傻丫头一边拍我的样子，像极了男生对自己的女朋友，我想做你的女朋友。”我认真地对宁远汐说道。

宁远汐抬起了手，却终究没有落到我的头上，他揽着我的肩膀，说："咱们就是男女朋友呀。"

宁远汐的话依旧是温柔的，却明星一般点亮了我黑暗的生命，我激动地看着宁远汐，不能自已，宁远汐却依然是那副温柔如水的样子，轻而易举就将我的心融化。

我成了宁远汐的女朋友，我可以更理直气壮地送宁远汐衣服、腰带、皮鞋、手表，我将我眼中所有的好东西都捧到宁远汐的面前，以彰显我对他的喜欢，我看得出来宁远汐喜欢我这样做。

后来，我们考上了我父亲任校长的大学，我们依然出双入对，是别人眼中羡慕的情侣，如果就这样继续下去，那这样的生活就是我和宁远汐的天长地久。

进了大学，我的生活也开始变得丰富起来，因为我有了几个最好的朋友，唐小秋、顾桉桐还有刻薄的乔冉。她们从不嘲笑我的肥胖，我嚷嚷着减肥的时候，最先喊心疼的就是顾桉桐，我喜欢她们，倾尽全力对她们好。

只有想尽办法对一个人好的时候你才会发现对一个人好的方式那样的简单匮乏，我请她们吃饭，送她们礼物，她们都很高兴，可是我总觉得这样不够，如果可以，我真的愿意将我的心掏出来给她们。

我将宁远汐介绍给了她们，我希望我喜欢的男人能喜欢我的好朋友，我希望他们也能成为很好的朋友。

可是我又隐隐觉得宁远汐变了，他虽然还是一如往常地守在我的身边，但是我总觉得他有些心不在焉，有时候我和他说话的时候会发现他正怔怔地看着别处，而别处并没有吸引他的风景。

当我牵着宁远汐的手都被他有意识地放开时，我心慌了，我觉得我要失去宁远汐了。

我终于想出了办法，我在广播站向全校的同学宣布我和宁远汐要订婚了，我希望一场盛大的订婚礼能让宁远汐的心神回位，只是我没想到知道我们订婚的宁远汐并没有我想象的那般兴奋，他甚至有些失落，我更没想到的是唐小秋会阻挠我的订婚礼。

当着所有的宾客我恼羞成怒，和唐小秋打成一团，我伤心欲绝，可是我改变不了我的订婚礼取消的事实，我喊着要和唐小秋绝交，却没想到唐小秋拿出了宁远汐和别的女孩在一起的照片。

我伤心欲绝，质问宁远汐，宁远汐却只给了我一句话的解释：合成的。

乔冉说有办法鉴别照片是不是合成，只是我不敢去试，我怕照片被证明是真的，那我和宁远汐就没有了回头的可能，如果能和宁远汐走下去，那么我心甘情愿地选择自欺欺人。

表面上看来我们俩订婚仪式的取消并没有影响我们之间的感情，但是我却感觉得出来，宁远汐对我已经和之前不一样了，我们之间的裂痕已经在无形中越来越大。

我拖着宁远汐陪我减肥，他虽然不甘愿却还是陪着，只是我没想到唐小秋会看不得我们的恩爱，她跑出去很远，却也因为低血糖晕倒了。

我至今还记得当时宁远汐的反应，他将我的手抓得很紧很紧，那紧张的样子是我从来都没见过的，不等我说让他去看看，他就松开了我的手飞奔向唐小秋的方向。

当时我的心里就隐隐有不妙的感觉，但是看他那样关心我的朋友，我又觉得心里暖暖的。

为了能留住宁远汐，我选择减肥，我没想到一周坚持下来竟然真的减掉了三斤，减肥的成功让我对自己和宁远汐的未来有了信心。我等不及宁远汐许诺给我的那个订婚礼了，我精心准备了聚会，在那次聚会上，我单膝跪下向宁远汐求婚。

我永远都忘不了宁远汐当时的神情，没有激动，没有幸福，他好像要逃离一般地看着周围，看向唐小秋的方向。

我不敢等下去了，我怕他会拒绝，不等宁远汐答应，我就将准备好的戒指戴到了他的手指上，我跟他说，这样我就套牢了他一辈子。

可是戒指套牢不了他的心，我还是发现了他和唐小秋的暧昧短信，当我看到手机上那暧昧的话语时，我只觉得我的世界都塌了，我曾经憧憬的未来都变了样子。

我怒气冲冲地指责唐小秋，可是唐小秋却说那是许柯宸发给她的短信，她和许柯宸在恋爱，我打电话给许柯宸，许柯宸说是自己用了宁远汐的手机。

即使过了很久之后我都记得许柯宸的声音，那天籁一般的声音让我觉得一切又都美好起来。

我心底最后的疑惑因为宁远汐的怒火而彻底消散，宁远汐怪我不相信他，我看着怒气冲冲的宁远汐心底却乐开了花，我宁愿被他这样指责，都不愿意让他成为别人的男朋友。

唐小秋和许柯宸的恋爱谈得风生水起，可是宁远汐对我却不冷不热，我费尽了心思讨好他，最后得到的也就是他不冷不热的拥抱。

就在我在自己身上苦苦寻找原因的时候，我在许柯宸的生日聚会上知道了真相，我没想到唐小秋和宁远汐两人竟然将我瞒得这样苦，连假谈恋爱的招数都用上了。

我哭着问唐小秋为什么，可是唐小秋回答我的只有“对不起”……

如果一声“对不起”能够将我的世界重新构建的话，那好，我答应。

可是我的世界已经颠覆了，我一直深爱不已的宁远汐他可以不爱我，可以喜欢别人，却偏偏和我的闺密暗度陈仓，我最亲爱的闺密一面和我说着希望我和宁远汐幸福，一面和宁远汐谈情说爱，就在我的眼皮下面他们上演你侬我侬的情深戏码，只有我在他们的爱情里像个傻子。

我恨他们，即使杀死他们都难解我的心头之恨。

我跑了，离他们远远的，再也不愿意回头。

但是我还是回来了，就在事情发生的第二天，我找到宁远汐和他谈分手，宁远汐很伤心的样子，我说起我们的初见，却没想到他告诉他那天并不是对我喊加油，只是我会错了意。

原来一切不过是阴差阳错，我以为他不会嫌弃我的胖和丑，却没想到他和当初他周围那些人根本就没有区别。

不过是我自己的一厢情愿罢了。

离开宁远汐之后，我回到宿舍，告诉唐小秋我们之间完了，绝交，这是我第二次对唐小秋说出这样的话。我很清楚，这次我再也不可能回头，如果回头，那也是因为仇恨，因为她毁了我的爱情，毁了我的一切。

我不想回学校，因为那里处处都是我和宁远汐的回忆，我不想回宿舍，因为我不想看到唐小秋那张伪善的脸，我不想存着之前的记忆，不管是爱情还是友情，因为想起来，心都是痛的。

唯一能让我忘掉这一切的只有酒精，在酒吧里我认识了快意恩仇的大哥，他们给我的热情填补了我心底洪荒一般的寂寞，我跟他喝酒，跟着他去快意恩仇。

一直忽略我存在的爸爸却出现了，说不要我这个女儿了，他一直都不喜欢我，一直觉得我这个丑丑的女儿是他辉煌灿烂一生的败笔。我想将我身上的肉割下来还给他，也做个削肉还父剔骨还母的哪吒，可是如果我真的那样做了，又有谁愿意为我塑一个不死的莲花真身？我爱的人背叛了我，我珍惜的人也背叛了我，我不仅是爸爸的败笔，我自己这半生就是彻头彻尾的失败二字。

我还划伤了顾桉桐的脸，我看到那血在她脸上流，心底有愧疚，所以我逃跑了，连最后可以给我温暖的顾桉桐和乔冉我都只能舍弃了。

我只有大哥了，我跟着大哥混社会，打家劫舍。

为了能讨大哥的喜欢，为了能身手利索，我再次选择减肥。

我没想到的是减肥竟然这样容易，只要想到宁远汐做的事情，只要想到唐小秋那张脸，只要想到他们的背叛，我就吃不下一粒饭。我只能用运动来逼着自己忘了他们，即使在夜里为了不让自己梦到他们，我都会半夜爬起来疯跑。

经历了比一夜白头更让人绝望的背叛之后，我发现做什么事情都没有想象的那么难。

我用两个月的时间成功地将自己160斤的身体减到了90斤，我对着镜子狂笑不已，不就是一个瘦子吗？我也做到了。

可是笑完之后我又忍不住痛苦，仅仅是两个月就能做到的事情，宁远汐却不愿意等，他不愿意等我减肥成功，只愿意坐享其成享受唐小秋那甜美的身体。

我怎么能让他们如愿，我出手了，我让人打折了唐小秋的腿，我看她那如花的模样哭得梨花带雨，心里却快意非常，我告诉她我要亲眼看着他们建立在我的痛苦之上的爱情能不能天长地久。

其实在打折唐小秋腿的时候我就清楚他们之间没有天长地久，因为宁远汐那样的人，他爱的永远只有他自己。

只是我没想到许柯宸会为了唐小秋不顾大哥的命令疯狂地报复，

他死了，身上被砍了七刀，当时我就站在不远处看着。

我有些为唐小秋遗憾，如果她选择了这个可以为她死的男人，她该是多么幸福，可是她偏偏喜欢上了宁远汐。

我将唐小秋和许柯宸之前混社会时候的视频都传到了网上，我只是给宁远汐一个离开的借口。

宁远汐果然离开了唐小秋，那速度比我想的要快上许多，看着他们两个各有所图的人最后空手而归，我喜悦非常，我高兴地流下泪来。

可是我依然不快乐，我最快乐的日子不是现在的快意恩仇，不是现在的兄弟成群，我最快乐的日子还是刚进大学的时候，身边有关系最好的闺密，心中有所爱的人。

只是那样的日子注定一去不返……

也注定了我在这个欢愉的夜晚只能独自登上这高楼，看曾经心心念念的人间烟火。

POSTSCRIPT

爱情曾来过——冷司轶独白

车站。

看着顾桉桐的背影消失在茫茫人海中，我告诉自己我彻底地失去了这个女孩。

这个阳光一样照进我生命却又黯然抽离的姑娘，她是我二十多年生命里唯一的暖，但是上苍却吝啬地连这一丁点儿都要收回。

我只能重回我那冰冷的世界，继续冰冻我的感情、我的心，然后继续过自己冰冷的生活。

宋惜薇就站在车站口，笑着看我，她总是怕我跑了，盯得特别紧。

见我从车站里走出来，宋惜薇好像特别高兴，她笑着问我："咱们什么时候订婚？"

在她的认知里，我送走了顾桉桐，就是选择了她，选择了她就要订婚，结婚，然后过一辈子。

她永远都是这么聪明，只是伴着这些聪明的有时候是狠毒，我都清楚，只是不愿戳破，因为她善良与否好像与我没有关系，即使她要和我订婚，结婚，过一辈子。

“咱们不是早就订过婚了？”我笑着看她，她的神色有些慌乱，因为很久之前她曾经以订婚的名义让顾桉桐去收回我家中那些瓷器。

宋惜薇的神色有几分尴尬，但是随即就娇笑着拍了一下我的胸膛，害羞地说：“讨厌。”

紧张，娇羞，那都是陷入爱情中女人不自觉的表现，此刻都在宋惜薇的脸上，我确定她是喜欢我的。

只是我不喜欢她。

“订婚的时间你定就好了。”我说完话转身就走，几乎能猜得出此刻宋惜薇脸上的兴奋和得意。

嫁给我一直是她心心念念的事情，因为冷夫人的名头代表的就是富贵与金钱，她如愿以偿。

是的，宋惜薇会是我结婚的对象，我也会和她平平淡淡地过一辈子，无爱，无恨，像很多将就过一生的人一样。

别说不能将就，如果注定得不到那个喜欢的人，那就只能将就。

有的人甚至从来没遇到过那样的暖，然后就与别人将就一生。

相比于他们，我是幸运的，因为我遇到了顾桉桐，但是我又是不幸的，因为我清楚以后的每一天我都在将就中度过。

一生，太漫长了，可是我却不得不走下去，因为心里还有那个人影，因为还期待能听到她幸福的消息。

我现在几乎都忘了我认识顾桉桐之前的样子，现在想来那不过是一日一日重复着相同的日子，没有惊喜也没有意外。

那样的日子对我来说已经习惯，在别人眼中确实枯燥无味和冷。

五岁的时候父母将我留给管家，出国了，我就过那样的日子，管家用人对我毕恭毕敬，我连朋友都没有。

后来，有了一只陪伴着我的猫，不，那只猫也不能算是朋友吧，它更像我的家人，因为它是我在外唯一的牵挂，而我回家之后也只有它会跑出来迎接我。

是它让我感受到生活的暖，让我觉得生命还是可以有一丝暖意的。

因为没有杂念，我的学习成绩特别好，只是不愿意与人交流，加上我的家世，在别人的传言中我就成了高不可攀的冰冷男神。

顾桉桐是个平凡的女孩子，在一群人中绝对会淹没的那种，但是她小猫一样走进实验室的时候就引起了我的注意，尤其是那双眼睛，大大的、闪闪的，像极了我家里那只猫。

因为多看了她两眼我看到了她手腕上那精致陶瓷手链，我对陶瓷一直是没有抵抗力的，尤其是精致的东西，我不知道怎么与她说我喜欢那手链，就从兜里掏出钱来要买那手链。

我习惯了买东西付钱，却没想到她会把钱还回来，说那手链可以送给我。

我赶紧将钱推回到她的面前，说这是我做事的原则，她收了钱，眼中全是喜悦的光。

看着她眼睛泛光的样子，我只觉得这个小丫头有意思得很。

我更没想到的是她竟然要和我做生意，说她家是做瓷器的，我想要什么样的尽管说。

看她那急切的样子，我竟然不想让她失望，所以我答应了，还给她留了联系方式，只是我没想过会联系她。

想买瓷器，我有太多的选择，而她不是个好选择。

但是我还是联系她了，因为我最喜欢的一个瓷瓶被猫打破了，管家说那瓷器是很多年前买的，市面上怕很难买到一模一样的，伤心之余我想到了她，就让管家打电话过去。

再次见到她，她依然像极了小猫，偷偷瞧我的样子让我觉得她很可爱。

只是我没想到我的猫不喜欢她，猫抓伤了她的手，我的猫很少这样暴躁，看着依然带着怒气的猫，我扔给她几张钱，让她立刻离开，她很委屈，但是没有说话就走了，看着她离开的样子，我竟莫名地有些失落，总觉得她应该说些什么。

第二天管家将瓷器拿到我的面前，说在门口发现的，我才记起她来的目的是为了送瓷器，见到瓷器的那一瞬间，我心底竟然有名为愧疚的东西泛起，而这种感觉是我有生以来从来没有过的。

我竟然有些担心她的手，她那么喜欢钱，不知道舍不舍得去打预防针？不知道她是不是还生我的气，想到她，我莫名地心烦意乱。

就在我终于说服自己不去想她，不再挂念的时候，她又出现在了我的视野里，她在猫的盥洗室和猫玩得正高兴，见到我就僵在了那里。我看着她，感觉有千言万语要说，却不知道怎么开口，就那样愣愣地看着她，连猫到了我的脚下都没注意。

就在我想着怎么开口的时候，她竟然帮猫求情，说猫知道错了。

看她那认真的样子，我差点笑出声来，为了掩饰我满脸的笑意，我故意拿出几张钱扔给她，说这是酬劳。

我怎么都没想到喜欢钱的她竟然将钱甩了回来，她很不高兴地对我说，不是什么东西都能用钱衡量的。

我愣住了，因为我也明白今天她为我为小猫做的事情用钱没法衡量，可是除了给钱我不知道用什么方式表达我的感谢，我只是不知道要用什么样的方式感谢她。

她走了，我呆住，却没想到她还会回来，风一样地冲进家中，然后对着我的脚就是一脚，我看着白色鞋子上她那黑色的脚印，再一次愣住。

她总是有办法让我哭笑不得。

等我回过神来就嘱咐管家把她送回去，已经很晚了，我竟然担心她路上不安全。

管家临出门的时候，我对他说：“让伺候猫的阿姨晚几天回来吧，你负责把顾桉桐请来照看猫咪。”

看着管家一脸不解，我心中竟然莫名地轻松，我莫名地笃定她肯定会答应，想到以后每天都能在这冰冷的房子里见到阳光一样的她，我的心情莫名的好。

不得不说，她是一个称职的猫保姆，但是仅仅几天的时间，她就不仅仅是猫保姆了，她快要成了我的保姆了。

她竟然洞悉了我挑食的秘密，亲自下厨为我做喜欢的菜，我的心底很是感动，却努力装作不在意的样子。

她为我做的微小的事情我都看在眼里，是她让我对家突然有了依恋，我从来没想到家原来是这个样子，因为这个小姑娘，我想要个家了。

我不知道用什么办法将顾桉桐留在我的家里，我只能一次次延长照顾猫的阿姨的假期，因为只有这样我才有理由将她留在身边。

但是她还是走了，因为宋惜薇的到来。我已经习惯了宋惜薇的投怀送抱，可是当宋惜薇抱住我的时候我竟然本能地看向她的方向，见她一脸无所谓的样子，我的心烦乱得厉害。

正好宋惜薇说自己想要生日礼物，那礼物就是在我家吃饭，所以我就让顾桉桐去做饭，看着她带着不悦去做饭，我的心情莫名的好。

宋惜薇约我去楼上书房聊天，我却拒绝了，说在客厅里挺好，宋惜薇很不高兴，因为冰雪聪明的她早就看出来我对顾桉桐与对别人不同，而我不愿意去书房不过是为了看顾桉桐在厨房忙碌的背影，那种家的感觉，那种切实的温暖，是宋惜薇无论如何都没有办法给我的。

我期待着顾桉桐和宋惜薇在餐桌上的对决，因为我早就见识了顾桉桐的本事，看上去乖顺的她总能时不时地给我制造惊喜，所以既然宋惜薇发动了挑战，我期待着顾桉桐完胜。

可是没想到宋惜薇只用桌子下的一脚就成功地击败了顾桉桐，因为宋惜薇的一脚让顾桉桐站立不稳，将汤洒到了我的衣服上。

我有洁癖，但是我更震惊于宋惜薇的胆量，我想安慰顾桉桐却不知道要怎么开口，想对宋惜薇发火却也不知道该如何开口，就愣在了那里。

在我发愣的时候顾桉桐竟然逃走了，像个做错了事的孩子，我看着她的背影离开，转头就看到了宋惜薇得意的脸。

“滚出去。”想到顾桉桐那含泪的脸，我再也忍不住心头的怒火，宋惜薇显然没想到我会毫不留情地赶她走，但是看我脸色铁青，她还是乖乖地离开了。

顾桉桐走了，带走了这个家所有的暖意，之前我还很享受这家冰冷无温的感觉，可是享受过阳光之后，就有点怀念了，也开始愈发不喜欢这冰冷的世界。

我坚持了三天，就让管家给顾桉桐打电话，理由依然蹩脚，没有人照顾猫咪。

其实没有人照顾的是我，我现在已经不习惯没有她的感觉了。

可是她没有回来，当管家告诉我这个结果的时候，我第一次懊恼非常。

我责怪自己那天没有表态，没有维护她，可是现在她跑了都不愿意再回来了。

没有顾桉桐的日子，我才知道我爱上她了。因为爱情就像空气，没了她呼吸都变得艰难。

就在我想找理由接近顾桉桐的时候，她打电话给我，说想把婆婆的瓷器送给我，她说她舍不得卖了，却又不知道怎么收藏。

我打听过她的事情，知道婆婆对她的重要，所以我准备了精美的橱窗，我想只有放在这样精美的橱窗里她才会放心，才会喜欢。只是我没想到瓷器刚放进去她就哭了，那可怜的样子让我看得心疼，我不知道怎么安慰她，只能将手绢递给她，她愣住了，然后就用手绢擦那玻璃窗，我这才发现她哭得玻璃窗上都沾上了泪水。

我心里不禁感叹，这个傻丫头，可是看着她一边流泪一边擦玻璃窗的样子，我忍不住拿了另一块手绢，将她眼角的泪水拭去。

她显然没想到我会这么做，直接呆住了。

我不知道要怎么解释，其实我最想告诉她我愿意和她尝试着交往，可是这样的话，我说不出口，我就告诉她我愿意温柔地对待这个世界，我没告诉她的话是，我愿意更温柔地对待她，代替她的家人呵护她。

那天她很高兴，我也觉得自己的世界被幸福溢满。

可是我没想到的是宋惜薇会打破了我的梦，她很冷静地告诉我，我的母亲有可能是害死顾桉桐父母的刽子手，她的父母就死在我母亲在山区的那个化工厂中。

我到现在都记得自己发狂的样子，我不敢相信这个事实，找人去查实的那几天，我心底只剩忐忑，寝食难安。

我没有等来盼望的结果，等到的那个结果于我，简直是噩耗。

他的父母确实死在我母亲开的那个化工厂中，那次事故的经过我也都调查清楚了，是我的母亲的过错。

我怎么都没想到，在我们认识之前，在她进入我的生命之前，我们已经有了交集，而这交集让我们此生都再无可能。

我失落了很长一段时间，不敢去想顾桉桐，想到就会痛，我没有谈过恋爱，我认为这是失恋的反应。

可是顾桉桐经常来找我，她总是偷偷地躲着，小猫一样观察着我的行踪，我不知道要怎么和她说，所以只能装作没看到。

为了让她退缩，我找宋惜薇来陪我，在宋惜薇身侧，我痛心地告诉她，我们不可能。

我看到她眼中碎裂的光，心疼不已，只是我没想到宋惜薇竟然会

扯开她的口罩，而她原先精致的脸上已经有了一道长长的疤痕。

我心疼不已，我以为对她足够关心，却不知道她在这段时间经历了这么多，我以为她只是躲避着偷偷看我，却没想到她只是因为毁了容才不愿意让我看到她的脸。

她哭着走了，我努力忍住才没追出去，我想这样也许是最好的结果，她不知道我爱他，也不知道我的母亲害死了他的父母，就这样，从此两人相逢陌路。

可是我没想到她残忍到连那些瓷器都要收回，她都不知道在我努力不再想她的这些日子里是这些瓷器陪着我熬过来的，这是我与她唯一的回忆，可是她竟然残忍到连这些回忆都要收回。

“我不许。”面对顾桉桐的眼泪，我喊出的也只有这几个字，可是她才不管我的拒绝，直接就奔向橱窗，推搡间有一个瓷瓶就掉到了地上。

听到那声脆响之后，我再也控制不住地蹲下身去，去捡拾那已经碎裂的瓷片。

我没想到我流血的手会让她珍惜地握在手中，我忍不住求她，将这瓷器当成我的回忆。

我没有办法说出真相，可是顾桉桐却哭着问有没有那么一点点地喜欢她，我第一次失控，竟然因为她这时流下的泪水，我告诉她我喜欢她，不是一点点，是很多，她是我生命的暖阳，可是说完话之后，我还是将她推出了的家门。

没有办法，隔着生死的怨仇，即使我再需要阳光她都不会再照进我的世界。

我听着她力竭的哭声，听着她一遍遍叫我开门，我心如刀绞。

可是我们的终点只能如此，我们没有别的选择。

我知道程子延一直喜欢她，所以我拜托他替我照顾她，我为她联系了整容的大夫，给了她一笔钱，那笔钱能让她恢复容貌，也能让她以后衣食无忧。

可是她拒绝了，也拒绝了程子延。

然后，她选择了离开。

我是在程子延那里知道她要离开的消息的，我在车站等了很久才等到她，却没有勇气走近她，我只能远远地看着她，看着她从车站外面走进来然后又走入滚滚人流，直到消失不见。

我知道她走了，她带走了我生命中难得的暖意，也带走了我的爱情。

我不知道未来会是什么样子，但是我的青春是无悔的，因为爱情曾来过。

编辑部大八卦

——《七寻记》VS《蓬莱之歌》

夏日天高云远，一早上小编我叼着包子，刚踏进编辑室的大门，一只圆珠笔唰地从头顶飞过，我好像嗅到了战斗的气息……

【大喇叭】（手里攥着一本书，如一头愤怒的狮子）：卡卡薇这作者不错，我觉得这本《蓬莱之歌》，你必须得看！

【八卦妹】（连忙凑过来）：哇！这是新书啊！这个作者以前还写过《暗·少年之木偶店》《当星光没有光》《那年我们的秘密有多美》啊，销量简直如黄河之水天上来，泛滥不停……她特别擅长奇幻和少女题材，作品多见于《花火》《萤火》《微微》《爱格》《许愿树》等畅销杂志，多次被杂志推荐为人气作者呢。

小编我咽了咽口水：你这成语是怎么用的？你是怎么混进编辑室的啊？真是值得深思……

【淡定哥】：哼，这些小女生的作品，我才没兴趣呢。不过，有一个人例外，沧海镜的《七寻记》，我建议可以看看。情节丰富，文笔优美……我妹妹在家抱着那本书，看得都不想睡觉。嘿嘿，作者似乎还是个美女……

【大喇叭】：卡卡薇长得更美！她的少女奇幻文，不仅励志，冒险推进路线也紧凑，架构清晰，正能量充沛！你看看这些主角的名字，夏沫、苍术、师走、华意、雪藏……多好听！

淡定哥朝某人投去鄙夷的目光，叹息着摇摇头。

【淡定哥】：肤浅！名字好听管什么用？它人气高吗？卖得比《七寻记》好吗？有《封印之书》《悠莉宠物店》那些好看吗？你倒是说出几个理由，凭啥去买啊？”

小编我默默地退到了墙角。一波刀光剑影即将来袭，请围观群众注意躲避，以免误伤！

【大喇叭】（抡起袖子，颇有打架的气势）：第一，看到这封面了吗？清新薄荷绿，设计独特，买！第二，友情、正义、亲情、冒险、奇趣，在整个故事中发挥得淋漓尽致，买！第三，百鬼斋、不归胡同、红月中学旧校舍、契约街以及迷岛的冒险，这一个个扣人心弦的情节，你不看，包你后悔！《蓬莱之歌》青春又阳光，必须买！

【八卦妹】（一把抱住大喇叭大腿，痛哭流涕）：啊啊啊……喇叭姐，土豪，我们做朋友吧！”

大喇叭一脚踢开八卦妹，等着淡定哥“不服来战”。小编我蹲在角落画圈圈：好暴力，好可怕……不要瞟，不要看……

【淡定哥】（不服气）：反正市面上火热的同类型作品多了，凭什么它会火？我不信。

【大喇叭】：凭它是一本不可错过的好书！凭卡卡薇呕心沥血的创作态度！好了，淡定哥，明天我有点忙，你的牛肉粉，我就不帮你捎带了。

【淡定哥】（不淡定了，一把扑过去，扯住大喇叭）：不要啊！你知道我有“起床癌”，不帮我带早餐，我会饿死的！呜呜呜……我去买，去买，成不？我口袋里还有省下来的38块救命钱……

【大喇叭】（得意地仰天大笑）：啊哈哈哈……这还差不多！

小编45°忧伤看天，窗外依旧天高云远，编辑室里总是风雨不定，编辑室的八卦太多，版面有限，省略我三万八千字……有机会，我们再买包瓜子，唠唠嗑吧！

女王们的巅峰大PK

——你最喜欢哪个女主角？

最近热度很高的《花千骨》、《小时代》、《左耳》、《栀子花开》，小编追剧、追电影，追得可是心潮澎湃啊。当然，网上不乏批评，不过，小编才不管这些唾沫星子横飞的口水党呢，演员漂亮就是硬道理！嘿嘿嘿……（羞涩捂脸）

好啦！言归正传，小伙伴们快买好瓜子，搬好小板凳，抢坐前排！看这些女王们大PK吧！嘻嘻……

【最霸道可爱的女主角—言蹊】

她是霸道又可爱的芭蕾舞者，怀揣着舞蹈梦想，在遭遇诸多现实障碍时，仍然不放弃，勇敢向前闯。电影《栀子花开》，用轻喜剧的方式，讲述一群年轻人的青春，自成风格，故事简单而搞笑。女主角这么甜美又嚣张，爱她，你怕了吗？哈哈，一二三，让我们大声唱起来："栀子花开呀开……"（摸着良心说，你现在是不是正盯着图中的"喋喋"大帅哥在流口水？）

【最清新的小耳朵，哦！NO！女主角—李珥】

最惹人怜惜的小耳朵，内向不起眼的小耳朵，一个让我们都爱的小耳朵。在文字女巫的故事里，李珥代表着纯洁、善良和美好。十七岁，张狂不羁的年纪，一群年轻人经历着疼痛的青春，李珥陪伴着他们轰轰烈烈地成长。在电影《左耳》里，小耳朵清新脱俗的面容，更是让人印象深刻。说起来，看到这样的小耳朵，小编都想抱回家养一只啊……

【最神秘最纠结最叛逆的女主角——沈安雁】

她是最傲娇的“毒舌”女王，她是最深情的叛逆小公主，她也是超人气青春作家陌安凉故事里让人心疼的沈安雁。一段复杂的四角恋追逐战，让人无限唏嘘。身陷于亲情、友情的情感旋涡中，这场众多纠葛的青春爱恋何去何从？

成长只是一场狂欢，绚烂璀璨后，逃不过曲终人散。在横冲直撞的青涩年华里，我路过你的世界……唉，总有那么一个人，是心头难以愈合的伤疤，需要用漫长的时光来忘记。

真实的成长记录，难忘的年少时光，深沉的疼痛青春！小编掩面感伤中。说起来，你们是不是很好奇女主角长什么样子呀？嘿嘿，这可是个秘密，你们自己想象女主角沉鱼落雁、闭月羞花的面容吧！（捂脸）

暗黑系天后陌安凉，倾情巨献《我路过你的世界》，正在上市热销中。厚厚的散发着清香的青春成长小说，一点都不比饶雪漫的《左耳》差，全国各大书店都摆得满满的，大家快去买吧。请备好纸巾，自主观看。

不要问我故事有多精彩，自己去买书！不要问我女主角有多惹人爱，自己去买书！啦啦啦……

【最“邻家大姐姐”的女主角—林萧】

“小时代”系列里，帅哥靓女一大堆，林萧可称得上是浮华中的涓涓细流，她担任《M.E》杂志执行主编的私人助理，是个典型的文艺女青年，喜欢文字，重视友情，性格温和，有点孩子气，很佩服好友顾里和同事kitty。林萧的身上有每一个平凡女孩子的影子，因此，她就像邻家大姐姐一般！（你们都盯着图中帅帅的冬冬看，是怎么回事啊？）

【最悲惨的萌物！哦不，女主角—花千骨】

花千骨的经历可称得上一部血泪奋斗史啊！她是世间最后一个神，也是百年难得一见的天煞孤星，自小体质特殊，被妖魔缠身，遇上白子画，从此走上了一条悲惨的不归路。一百零一剑、八十一根销魂钉、十六年的囚禁……经受了各种虐待，她可是赚足了读者、观众们的眼泪。哎哟，不说了，小编拿着小手绢，先去哭一会儿。

看到这么多漂亮的女主角，小编可是眼前桃花朵朵开啊。你们最喜欢哪个女主角呢？小编对**《我路过你的世界》里的神秘女主角沈安雁**最感兴趣，容我去挖一挖她的身家背景吧，哈哈哈……（狂笑着走开）

小洛姐姐施展了一个魔法，现在你们要完成以下步骤，才能见到自己的王子哦！

你遇到自己喜欢的人，会选择什么样的方式对待？

A. 大大方方表白。
B. 默默陪在他身边。
C. 试探一下对方是否也喜欢自己。
D. 害怕去面对，怕对方不喜欢自己。

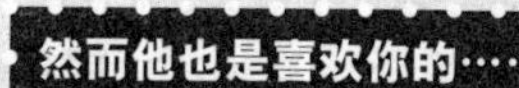

然而他也是喜欢你的……

A. 主动提出交往。
B. 心照不宣地守在他身边。
C. 寻求适合表白的契机。
D. 哎呀，好羞涩哦！

然而他喜欢的另有其人……

A. 那又怎样？不影响我喜欢他啊！
B. 没关系，他总会被我感动的。
C. 他居然喜欢别人？是不是我哪里不够好？
D. 呜呜呜……他不喜欢人家！

如果有一天你发现你们之间有隔阂了……

A. 你根本没在意有隔阂的问题。
B. 默默做他喜欢的事情，让他看到你的好。
C. 一定要说出来，不然心里憋着难受。
D. 怎么办？我感觉和他的感情要破裂了……

如果有一天你们濒临分手……

A. 居然敢跟我分手？
B. 发现问题，解决问题。
C. 到了这个地步，即使痛苦也还是分开。
D. 大醉一场，然后大哭一场，一笑了之。

王子类型： 严齐《你是我回忆里的风景》

你的角色是： 柯灵。跟严齐般配指数85%。你是一个对待爱情很热情很专一也很固执的人，严齐这一类的男生会很容易注意到你的热情、你的固执，并会被你吸引。你偶尔大大咧咧，需要这么一个细心可靠的男生来保护你和照顾你哦！

安利B

王子类型： 许泽安《你是我回忆里的风景》

你的角色是： 莫默。跟许泽安般配指数95%。你是一个安静并且喜欢默默付出的人，要同样跟你一样安静温柔的男生才会注意到你的付出。并且，你足够善解人意，他跟你在一起不会很累。你们生活在一起，恬淡的小生活会让你们格外幸福呢！

安利C

王子类型： 陆宇风《你是我回忆里的风景》

你的角色是： 夏沐雨。跟陆宇风般配指数98%。你有一点小脾气，过得也很随意，自尊心也很强。陆宇风这种外表看起来洒脱自在，但是很懂女孩子心思的人最适合你。他会在你要发脾气的时候，及时察觉你的情绪，并巧妙地化解。你这样骄傲的小公主，必须有高情商的男生来收服你啊！

王子类型： 宁涛《你是我回忆里的风景》

你的角色是： 叶小蓓。跟宁涛般配指数85%。你是个头脑很简单的单纯小女生，只要能欺负他，你就已经很高兴了。宁涛这类男生就可以让你随便欺负，因为他特别宠你。这么甜蜜又有主见的男生，你怎么会不喜欢呢！

女王季きれい 重磅来袭！！

——如果《有你的年少时光》中的女孩子都是女王，那么你会是哪一款呢？

来，跟着小洛姐姐手指的方向，让我们往下一步一步走，直到找到属于我们自己的漂亮王冠和礼服，成为让全世界都敬仰的女王大人！

准备好了吗？
燃烧吧，女王们！

我的季节，我做主！

Question·1

你收到来自森林魔法师的一张邀请函，要你参加森林舞会。这个时候，你会选择以下哪一件礼服？

A.华丽礼服：这样才配得上我的高贵。

B.素白礼服：要淑女一点。

C.个性礼服：适合自己才最重要。

D.可爱礼服：我的世界我做主，哼！

Question·2

你到了舞会上，发现舞会还没有开始，这个时候你会怎么办？

A.四处走走：快看，那里有帅哥！

B.安静地坐着：好无聊，慢慢等吧。

C.和熟人聊天：啊，终于看到认识的人了。

D.找点心：饿死啦！饿死啦！我要吃！哼！

Question · 3

有服务员经过，不小心撞了你一下，你的礼服被溅上了酒汁，这个时候你会怎么办？

A.骂他： 你知不知道，你破坏了我的好心情！

B.没关系： 我去洗手间擦擦就好了。

C.满脸通红地掉头就走： 羞死人啦！

D.心疼： 哎呀，人家最喜欢的裙子呢！

Question · 4

上台阶时，你的高跟鞋不小心掉了一只，这个时候你会怎么办？

A.脱掉另一只： 本女王随时都有自信！

B.拜托男士帮忙： 先生，麻烦你了。

C.尴尬： 今天运气不太好……

D.兴冲冲地去捡： 哎呀，鞋子掉了。

Question · 5

你看见主人出来了，发现他是你喜欢的王子。可他周围围了一群女孩子，这个时候你会怎么办？

A.走过去： 用气势秒杀她们！

B.优雅地一笑： 端起酒杯，隔空与王子碰杯。

C.耐心等待： 我的王子人气真的很高呢。

D.不小心摔倒： 哎呀，王子，人家好痛，你快过来嘛……

Question · 6

舞会结束，王子要送你回家啦！在浪漫又充满童话氛围的森林里，你想跟王子说些什么呢？

A.今天的感慨： 嗯，这个舞会还行吧，还算符合我的口味。

B.关心的话： 王子殿下，你今天累吗？

C.并肩不语： 哎呀，安静的暧昧，让人脸红心跳呢！

D.关于点心： 我跟你讲，那个××特别好吃，特别美味！

锵锵锵！快来掀开神秘的面纱，

看看你们是哪一种女王吧！！

代表人物：

张静《有你的年少时光》

你很有自信，什么都喜欢冲在前面，并且表现得很好。你永远是个想要得到更多赞美和认可的女王。你觉得，你就是个站在食物链顶端的人！可是很多时候，我们要顾及一下身边人的感受呢。如果你对每个人都很尊重，都很细心，那么所有人都会拜倒在你的王冠之下啦！

代表人物：

林素儿《有你的年少时光》

你也是一个自信的女王，但你不会大张旗鼓地表现出来。你知道适当地体现自己，不会盲目冲动，会恰到好处地展现自己最美的时候。这样的你，会吸引很多异性哦。可是，在面对不尽如人意的事情的时候，你可能没有办法选择，这个时候，你就要问问身边人的意见啦。

代表人物：

姜颜《有你的年少时光》

有人说亲和的人不适合当女王，其实这可不一定。能掌握分寸、不娇柔做作的你，对待每个人都真心实意的你，很容易就能取得大家的信任。可是你的内心深处，还是很缺乏安全感的。所以，好好修炼自己吧，让自己拥有强大的内心，这会让自己和身边的朋友具有更大的优势呢。

代表人物：

安小晓《有你的年少时光》

你是个天真开朗的乐观派，虽然性格大大咧咧、糊里糊涂，很多事情都无法做得特别优秀，但是你对待朋友非常仗义，所以你的小缺点并不会影响你的大优点！而且，小小的失败并不会把你击垮，但是你也会承受不了太大的伤痛。为了未来，为了王子，冲锋吧，菜鸟女王！

如何迅速升级成白富美

暑假到了！默默地摸摸口袋，发现全部家当只剩下100块……

只有100块还能好好当“白富美”吗？

小编迅速翻遍我们的新书，

然后发现……

答案居然是肯定的！

第一步 STEP1

在成为“白富美”之前，必须先摆脱穷光蛋的命运！

《超优候补生》 草莓多 著

任性刁蛮的大小姐亚米一夜之间变成了穷光蛋，还被自称来自外星的丑玩偶欺骗，落入恐怖的“短时间内强刷好感度”地狱。

关窗1分，擦地板10分，关心同学50分，和人争执扣1000分，被诬陷扣10000分！

唯一脱离地狱的方法是——成为超级受欢迎的歌手。

想逃跑？会被十万伏特电流袭击哦！

超级热血的少女搞笑励志成长游戏，正式启动。

啊？超自然能力？

好像超出预期了……可不是每个人都能碰到“短时间内强刷好感度地狱”的……再搜索一下！

《微甜三次方》 草莓多 著

总觉得自己是天底下最不幸的阴沉少女蓝小叶“捡”到一个自称是守护精灵的仙子玩偶，本以为会得到魔法庇护，从此万事如意，获得幸福，可天上真会掉馅饼吗？

“善意之手”须达到100%，否则就会倒大霉？

如果不能在一周内发现“美化之眼”的练习方法，考试永远得零分？

还有“义真之言”“纯真之心”等奇怪的称号代表的又是什么呢？

闯过了重重关卡，蓝小叶终于解开心结时，却震惊地发现所谓的守护精灵背后的真相……

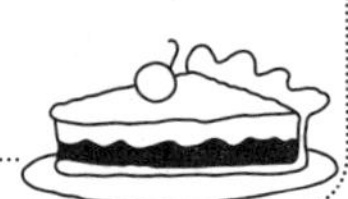

你说这个是获得魔法守护的？

都一样啦！

反正，获得了魔法守护，我们还会穷吗？如果还不行，敬请期待……

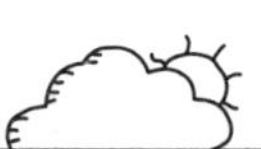

《凉涩花之梦》 草莓多 著

花梨为了博得关注，声称认识最年轻的国际舞蹈家结凛，却被同学要求拿出证明。

就在花梨吹牛的真相即将被揭开时，结凛竟然真的出现在她面前。同时出现的，还有一个超级可爱的Q版小王子玩偶。

小王子玩偶声称自己是受到诅咒的神界王子，而花梨是能解开诅咒的契约者，解开诅咒的办法是花梨永远不能说谎。

如果说谎，将遭受十万伏电击的惩罚。

是继续说谎抓住虚假的友谊，还是诚实面对不愿回忆的过去，勇敢地重新接受残酷的挑战？

青涩甜美的成长烦恼交织如梦似幻的“魔幻奇缘”，将奏出怎样的命运篇章？

*未出版书籍 以实书为准

第二步 STEP2

既然现在已经起死回生，摆脱了穷光蛋的命运，
我们就有底气追求生活质量啦！
比如说帅哥……

《妖孽少爷别惹我》 草莓多 著

这个世界上，是不是有另一个我，过着我想要的生活？

因为一份双子契约，两个“奈奈”开始了奇妙的互换身份之旅……

跆拳道黑带九段、人称“女流氓”的浅千奈摇身一变，成了宫家大小姐！可是，千金大小姐并不是那么好当的，绑架、相亲，一个不漏地悉数上演，美梦一瞬间变成噩梦！更可恶的是，还有大少爷伊藤月每天变着花样来纠缠，简直太过分了！

呜呜，说好的平凡女生超梦幻华丽逆转情节呢？为什么现实和理想差了那么多？

这简直就是另类灰姑娘勇闯上流社会的爆笑血泪史啊！

什么？不喜欢“霸道少爷”款？（小心“小白”会打你们哦！）
没问题，我们还有另一种口味！超高智商，学霸必选！

《呆瓜学霸认栽吧》 草莓多 著

这个世界上，是不是有另一个我，过着我想要的生活？

宫里奈在见到另外一个“自己”时就知道，两个“奈奈”的变身游戏要开始了！

褪去大小姐的华服，“女神变女流氓”的宫里奈在平民学院里简直如鱼得水！

只不过，这三天两头就有“仇家”找上门是怎么回事？

“女流氓”浅千奈的历史遗留问题简直让人头大啊，这一切就交给本小姐处理好了！

木讷憨厚却有亲吻癖的邻居“学霸”、狂野不羁的街头少年、阳光正派的学生会会长，美少年们，通通拜倒在本小姐的脚下吧！

第三步 STEP3

有了帅哥，当然我们自己也要跟上啦！
外貌……咳咳，既然只有100块，就不要想什么整容了
但是没关系！
我们可以修炼自身，做一个

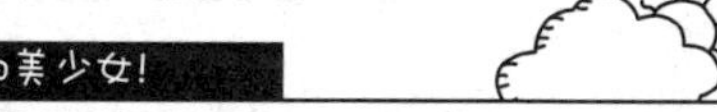

《许你向未来》 宅小花 著

一见钟情之后，往往没有太好的结局。

生活不是童话，但许晴嘉却始终坚信，只要努力一点，再努力一点，就能得到自己想要的……最起码，方竟能多看她一眼，也算是好的。

始终不愿放手，究竟是那一抹执念，还是永不放弃的希望？

她只知道，有时候上帝总会在绝境中赐予惊喜。

《我们须将独自怀念》 宅小花 著

性格冲动、天性善良的少女郑夏天，为了好友陆双双，和校花陈珂针锋相对，甚至不惜和陈珂结仇，最后却害好友毁容。三年后，因为内疚而改变的郑夏天，重遇当年和陈珂交好的少年顾泽一，渐渐揭开了当年事情的真相，这才发现背叛她的，恰恰是她一直觉得对不起的好友陆双双。

有些人因为爱情背叛了友情，也有些人因为友情而放弃了爱情。在背叛与信任之间，我们做出怎样的选择，就会让我们成为怎样的大人。

嘘……有些事，就让它随着时间，化为永恒不变的记忆吧。

就连花漾少女教主——宅小花都转型了！
你们还在等什么？

有了丰富的内涵，哪怕“颜值”实在跟不上，也没什么好怕的！

不是有美图软件嘛！

嘉宾：魅丽优品暖（dou）萌（bi）作者 夏桐
魅丽优品才情小天后 锦年

菜菜酱：哈，又到了夏桐的夏日厨房时间，今天她会给咱们带来什么美食呢？大家是不是很期待呀？（别啰嗦了）然后，今天菜菜还请来了咱们的人气小天后锦年，大家热烈欢迎！

@merry－锦年：我来串场啦，大家好。

@merry夏桐：欢迎欢迎！

菜菜酱：好了，接下来是夏大厨时间。夏桐，快来介绍今天的美食吧！（星星眼）

@merry夏桐：不知道上次的甜品，大家有没有学会呢？喝起来是不是很sweet？

@merry－锦年：（举手）我学会了！很好喝！

菜菜酱：啊，原来锦年也看我们的节目啊！

@merry－锦年：当然，我可是夏大厨的忠实粉（ji）丝（you）！

@merry夏桐：那么这一期，就做一道锦年喜欢吃的菜吧。

菜菜酱：好呀好呀！

@merry夏桐：今天做的是夏日小清新——虾仁芦笋，很健康也很简单的一道菜。

@merry-锦年：嗯，我拿小本子记一下。

@merry夏桐：

食材：虾仁、芦笋、大蒜、淀粉、盐。

步骤：1. 芦笋切段，大蒜切片。

2. 切好的芦笋焯水。

3. 虾仁加入料酒、盐、淀粉拌匀。

4. 锅里放油，加蒜片炒香，放入虾仁稍炒，马上放入芦笋。

5. 加少许盐和水、淀粉，快炒出锅。(食谱来自网络)

@merry夏桐：然后，清新又美味的虾仁芦笋就出锅啦！

@merry-锦年：用到了我喜欢的虾仁！嗯，今晚回去就试试看。

菜菜酱：我也好喜欢呢。节目好快，又到了新书预告的时间，夏桐，该你啦！

@merry夏桐：已经有好长时间没出新书了……但接下来的几个月，会把这些日子累积起来的新书都上市，大家记得关注啊！

互动有奖调查表

姓名： **年龄：** **性别：** **电话：**

地址：

欢迎来到魅丽优品的新书新貌新世界！全新的改版，浪漫、诙谐、有趣，种种不同的新书预告和介绍，以多彩多姿的面貌呈现在你的面前。在未来的一年里，我们将持续且创新地在每本书后推出各种精彩新书专栏和展示不同内容，如果你喜欢我们精心创作的这份随书附赠的小小礼物，就请回复我们来支持我们吧。

你的最爱

1. 本期新书预告专栏中，你最爱的栏目是？（多选题，请在最喜欢的几个栏目后打√）
   八卦茶话屋　花儿与少年　魔法测试　新秀街

2. 本期新书预告专栏中，你最爱的新书是？（请根据你喜欢的栏目内容标明你喜欢的3本新书）

   ____

   ____

   ____

3. 本期新书预告专栏中，你最喜欢的作者按顺序是？（请列举三位）
   ________、________、________

4. 本期的图和文字，你更喜欢哪一种？（二选一，在选项后打√）
   图画排版　文字内容

线下投票：

填好以上表格，将它寄回魅丽优品的大本营：

湖南省长沙市开福区黄兴北路89号上城金都南栋21楼　魅丽优品 市场部 收

你100%有机会得到我们送出的礼品一份。

线上投票：

如果不想寄信，你可以登录我们的微博和微信进行投票，也有机会得到我们送出的新书一本哦。快来扫一扫，进行线上投票吧！

魅丽优品微博二维码

魅丽优品微信二维码

瞳文社微博二维码

瞳文社微信二维码